流光溢彩的中华民俗文化

鲁班传说

吉林出版集团股份有限公司

前　言

鲁班姓公输，名般，因为班与般同音，后世多以鲁班相称。鲁班在木工、建筑、生活用具、军事科学和航天等领域都创造了前无古人，后启来者的发明成果。鲁班传说就是对于鲁班发明创造的过程和成果的记录，经世世代代的人们口耳相传，不断丰富和完善，成为民间文学的一朵奇葩，具有一种独特的魅力。

鲁班是一个有着巨大创造力的工匠，他不同于孔子、孟子、墨子等文化巨人身后留下著作广为传颂。鲁班的发明和高超工艺，是在具体的实践中传授给弟子，弟子再传给弟子，一代代流传、扩散，经过许多人的艺术再加工和再创造，在这种传授的过程中，越来越丰富，越来越完善。这些传说不仅仅是对鲁班的发明过程和成就的赞扬，而且具有道德教化的功能。

鲁班传说流传广泛，是鲁班文化的主要载体之一，正是鲁班传说的广为人知，才使得鲁班发明创造的业绩不至于泯灭在历史的尘埃之中。

鲁班的传说流传于海内外，惟有在滕州市流传的最广泛、最系统、最详实，影响也最大，因为滕州是鲁班的故里。所以在滕州有关鲁班的传说最多、最系统，从鲁班出生、学艺、发明创造，以至死后为仙、为神、为匠人祖师。

这些传说在滕州至今仍有着鲜活的生命力，近年来，滕州市高度重视鲁班文化的挖掘和传承工作，开通了“中国鲁班研究网站”，成立了滕州市鲁班研究会，建立了鲁班渔村，更名了鲁班饭店，建设了鲁班功德堂，复原了鲁班造磨处、鲁班堤、鲁班桥、鲁班工匠营等历

史遗迹，排演了大型历史剧《墨子与鲁班》，出版发行了《鲁班的传说》一书，为进一步弘扬“百工圣祖”鲁班的创新精神，挖掘和传承鲁班文化做出了很多努力。

鲁班传说，不仅在民间家喻户晓，其传播地域也可谓广阔。北京蓟县建有鲁班庙，湖北黄梅县建有鲁班亭，上海有鲁班街，香港、台湾等东南亚国家地区也设有鲁班纪念堂。在香港，泥水、木工、搭棚三行工人至今保持着每逢六月十六放假一天，喝先师的诞辰酒祭拜鲁班的习俗。

至今国家建设部颁发的建筑工程质量最高奖仍是“鲁班奖”。可见鲁班这位中国能工巧匠的卓越代表，是为贫困百姓排忧解难的忠厚贤者，是劳动人民非凡智慧和创造力的化身。

鲁班的名字实际上已经成为古代劳动人民勤劳智慧的象征。

目 录 MULU

目录

目 录 MULU

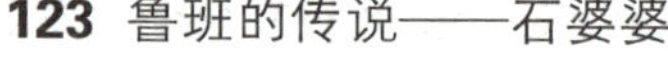

第一章 鲁班——中国古代的一位出色的发明家

土木工匠们尊称他为祖师

鲁班，姓公输，名般。又称公输子、公输般、班输、鲁般。鲁国人，“般”和“班”同音，古时通用，故人们常称他为鲁班。

大约生于周敬王十三年（公元前 507 年），卒于周贞定王二十五年（公元前 444 年），生活在春秋末期到战国初期，出身于世代工匠的家庭，从小就跟随家里人参加过许多土木建筑工程劳动，逐渐掌握了生产劳动的技能，积累了丰富的实践经验。

鲁班像

鲁班是中国古代的一位出色的发明家，我国的土木工匠们都尊称他为祖师。两千多年以来，他的名字和有关他的故事，一直在广大人民群众中流传。

春秋和战国之交，社会变动使工匠获

铲子

得了某些自由和施展才能的机会。在此情况下，鲁班在机械、土木、手工工艺等方面都有发明。

今天，木工师傅们用的手工工具，如锯、钻、刨子、铲子、曲尺，划线用的墨斗，据传说，都是鲁班发明的。而每一件工具的发明，都是鲁班在生产实践中受到启发，经过反复试验研究出来的。

生活在春秋末期到战国初期，出身于世代工匠的家庭，从小就跟随家里人参加过许多土木建筑工程劳动，逐渐掌握了生产劳动的技能，积累了丰富的实践经验。

大约在公元前 450 年以后，他从鲁国来到楚国，帮助楚国制造兵器。他曾创制云梯，准备攻宋国，但被墨子制止。墨子主张制造实用的生产工具，反对为战争制造武器，鲁班接受了这种思想。

鲁班很注意对客观事物的观察、研究，他受自然现象的启发，致力于创造发明。一次攀山时，手指被一棵小草划破，他摘下小草仔细察看，发现草叶两边全是排列均匀的小齿，于是就模仿草叶制成伐木的锯；他看到各种小鸟在天空自由自在地飞翔，就用竹木削成飞鹞，借助风力在空中试飞。

开始飞的时间较短，经过反复研究，不断改进，竟能在空中飞行很长时间，鲁班一生注重实践，善于动脑，在建筑、机械等方面作出了很大贡献。

他能建造“宫室台榭”；曾制作出攻城用的“云梯”；舟战用的“勾强”；创制了“机关备制”的木马车；发明了曲尺、墨斗、刨子、凿子等各种木作工具；还发明了磨、碾、锁等。由于成就突出，建筑工匠一直把他尊为“祖师”。

鲁班的发明创造很多。

不少古籍记载，木工使用很多的木工器械都是他发明的。像木工使用的曲尺，叫鲁班尺。又如墨斗、锯子、刨子、钻子等，传说均是鲁班发明的。

这些木工工具的发明，使当时工匠们从原始、繁重的劳动中解放出来，劳动效率成倍提高，土木工艺出现了崭新的面貌。这里面都包含着原始的物理科学知识。

鲁班是个高明的发明家

鲁班还是一个很高明的机械发明家。他制造的锁，机关设在里面，外面不露痕迹，必须借助配合好的钥匙才能打开。

《墨子》一书中有这样的记载：“公输子削竹木以为鹊，成而飞之，三日不下。”就是说鲁班制作的木鸟，能乘风力飞上高空，三天不降落。

后世不少科技发明家，如三国时期的马钧、晋朝的区纯、北齐的灵昭、唐朝的马待封等，都受这个传说的影响，相继朝这个方向发展过。

在兵器制造方面，鲁班曾为楚国制造攻城用的器械，在战争发挥过巨大作用。后来在墨子的影响下，不再制作这类战争工具，专门从事生产和生活上的创造发明，以造福于劳动人民。

二千四百多年来，人们为了表达对鲁班的热爱和敬仰，把古代劳动人民的集体创造和发明也都集中到他的身上。因此，有关他的发明和创造的故事，实际上是中国古代劳动人民发明创造的故事。

鲁班的名字实际上已经成为古代劳动人民勤劳智慧的象征。

鲁班的发明创造很多。《事物绀珠》《物原》《古史考》等不少古籍记载，木工使用的不少工具器械都是他创造的。木工工具的发明使当时工匠们从原始、繁重的劳动中解放出来，劳动效率成倍提高，土木工艺出现了崭新的面貌。

机封是当时的机械工具之一。《礼记·檀弓》记载他设计出“机封”，用机械的方法下葬季康子之母，其技巧令人信服。但当时盛行厚葬，这种方法未被采纳。

另外，先进农机具的发明和采用是中国古代农业发达的重要条件之一。

《世本》说鲁班制做了石，《物原·器原》又说他制做了砻、磨、碾子，这些粮食加工机械在当时是很先进的。另外，《古史考》记载鲁班制做了铲。

木工工具是鲁班的又一类机械发明。古代的许多器具是木制的，因此，精巧的工具对木匠来说十分重要。《物原·器原》说鲁班制做了钻（矫正木材弯曲的工具）。《鲁班经》还把木工所用的曲尺称为“鲁班尺”，说明古代工匠认为曲尺是鲁班发明的，但这只是传说，曲尺在鲁班之前已是常用木工工具。

鲁班改进的锁钥匙也是当时极为重要的机械工具。在周穆王时已有简单的锁钥，形状如鱼。鲁班改进的锁钥，形如蠡状，内设机关，凭钥匙才能打开，能代替人的看守。

现代锯齿源于鲁班的发明

鲁班在兵器上也有很深的造诣。钩和梯是春秋末期常用的兵器。《墨子·鲁问》记鲁班将钩改制成舟战用的“钩强”，楚国军队用此器与越国军队进行水战，越船后退就钩住它，越船进攻就推拒它。《墨子·公输》则记他将梯改制成可以凌空而立的云梯，用以攻城。

鲁班的技艺在仿生机械上也有传言。《墨子·鲁问》又记鲁班削木竹制成鹊，可以飞三天。另据《鸿书》记载，他还曾制木鸢以窥宋城。《论衡·自纪·儒增》记述了一种传言，说他制做出备有机关的木车马和木人御者，可载其母。

鲁班的雕刻技艺在传说中也是一绝。《述异记》记鲁班曾在石头上刻制出“九州图”，这大概是最早的石刻地图。此外，古时还传说鲁班刻制过精巧绝伦的石头凤凰。

鲁班在土木建筑上也有非凡的技艺。《事物纪原》和《物原·室原》都说鲁班创制铺首，即安装门环的底座。古时民间还传说他主持造桥。

当然，有些传说可能与史实有出入，但却歌颂了中国古代工匠的聪明才智与高超技艺。鲁班被视为技艺高超的工匠的化身，更被土木工匠尊为祖师。

善于观察与发明的鲁班

一年夏天，鲁班家乡鲁国国王要鲁班监工营造一座宫殿，期限为3年。但是这座宫殿所需的木料，鲁班等工匠们到山上砍上3年也完不成任务。

这可急坏了鲁班，因为国王的话就是圣旨，是不允许随便更改的，如果真的是耽误了工程进度，杀头是不可避免的。鲁班愁得连觉也睡不踏实。

为了加快砍伐木料的进度，鲁班每天都要提前上山选择好要砍的树木。这天，天色刚蒙蒙亮，鲁班便迎着晨光，踏着夜露，提前出发了。

为了节省时间，鲁班便抄小路走，小路上山近，可是坡陡路滑，而且横七竖八地长满了小树、杂草，行走非常不便。

鲁班只好搀着树木、拽着茅草往上爬。忽然，脚底一滑，身体便顺着山坡往下滚去，鲁班急中生智，急忙抓住一把茅草，由于没有抓牢，反而感到手掌心疼痛无比。

锯

滑到山脚，鲁班狼狈地爬了起来，伸开手掌一看，掌心已是鲜血淋漓。鲁班非常惊奇，为何一把茅草能够划破人的手掌。

鲁班顾不得疼痛，沿着滑下来的山坡，爬上去一看，这丛茅草与别的草没有两样。鲁班不甘心，便揪下一根茅草仔细地观察起来。

这茅草的叶子很怪，叶子两边都长着锋利的小细齿，人手握紧它一拽，手掌就会被划破。鲁班又试着用茅草在他的手指上拉了一下，果然又划开一道血口。

鲁班正想俯身探究其中的道理，忽然看到近处有一只大蝗虫，两枚大板牙一开一合，很快吃着草叶。鲁班把蝗虫捉住细看，发现蝗虫的牙齿上也排列着许多小细齿。

鲁班从这两件事中得到启发，心想：如果仿照茅草和蝗虫的细齿，来做一件边缘带有细齿的工具，用它来锯树，岂不比斧砍更快、更好吗？

鲁班忘记疼痛，转身下山，做起试验来。在金属工匠的帮助下，鲁班做了一把带有许多细齿的铁条。

鲁班将这件工具拿去锯树，果然又快又省力。锯子就这样发明了。这个故事虽说是传说，但是，我们从中却可以得到这样的启发：实践出真知，钻研出智慧。

传说鲁班的母亲和妻子对鲁班的发明创造也有很大的帮助。

也有说，鲁班看到螳螂扑蝉，灵巧而精准，是螳螂前爪呈锯齿状的原理，使他受到了启发，而发明木工用锯。

另说，鲁班上天际山游玩时，双腿被呈齿状的叶片拉伤，受到启示发明了锯。他发明木锉是受到“拉拉秧”呈圆尖芒状而发明的。

例如，鲁班做木工活，用墨斗放线的时候，原来是由他母亲拉住墨线头的。后来，母亲在线头上拴一个小钩，这样，一个人操作就可以了。后世木工把这个小钩叫做“班母”，以纪念这个创作。

又如，木工刨木料的时候，前面顶住木头的卡口叫做“班妻”，这是因为传说鲁班刨木料起初是由妻子扶住木料，后来才改用卡口的缘故。

鲁班造伞的传说

很久很久以前，世界上没有伞。那时候，人们出门很不方便。

夏天，太阳晒得皮肤火辣辣地痛。下雨天，把衣服淋得湿漉漉的。鲁班想帮人们解决这个困难，心里很着急。

他心里想：要能做个东西，既能遮太阳又能挡雨，那才好呢。

鲁班动了好多脑筋。后来，他跟几个木匠一起在路边造了一个亭子，亭子的顶是尖尖的，四面用几根柱子撑住。

接着，他们隔一段路造一个亭子，造了许多亭子。这样，走路的人就方便多了。雨来了，躲一躲；太阳晒得难受了，歇一歇，喘口气儿。

鲁班给大家办了件好事，大家都很感激他。可是鲁班自己挺不满意。他想，要是雨下个不停，那该怎么办呢？人总不能老蹲在亭子里不走啊！

还得再想办法！鲁班心想：要是能把亭子做得很小，让大家带在身上，该多好啊！可是用什么法子才能把亭子做得轻轻巧巧呢？为了

这个事儿，他吃饭不香，睡觉不安。

鲁班想了许多天，还是没有想出来。一天，天气热极了，他一边做工，一边抹汗。忽然看见许多小孩子在荷花塘边玩，一会儿，一个孩子摘了一张荷叶，倒过来顶在脑袋上。

鲁班觉得挺好玩，就问他们："你们头上顶着张荷叶干什么呀？"

小孩子七嘴八舌地说了起来："鲁班师傅，您瞧，太阳像个大火轮，我们头上顶着荷叶，就不怕晒了。"

鲁班抓过一张荷叶来，仔细瞧了又瞧，荷叶圆圆的，一面有一丝叶脉，朝头上一罩，又轻巧又快。

鲁班心里一下亮堂起来。他赶紧跑回家去，找了一根竹子，劈成许多细细的条条，照着荷叶的样子，扎了个架子；又找了一块羊皮，把它剪得圆圆的，蒙在竹架子上。

"好啦，好啦！"他高兴得叫起来，"这东西既能挡雨遮太阳，又轻轻巧巧。"鲁班的妻子听见他大呼小叫的，赶紧从屋里跑出来问他："出了什么事了？"

鲁班把刚做成的东西递给妻子，说："你试试这玩意儿，以后大家出门去带着它，就不怕雨淋太阳晒了。"

鲁班的妻子瞧了瞧，又想了想，说："不错不错，不过，雨停了，太阳下山了，还拿着这么个东西走路，可不方便了。要是能把它收拢起来，那才好呢。"

"对，对！"鲁班听了很高兴，就跟妻子一起动手，把这东西改成可以活动的，用着它，就把它撑开，用不着，就把它收拢。这东西是什么呀？就是咱们今天的伞。

七子河畔的鲁班传说

战国时期，群雄逐鹿，战争频发，民不聊生，成千上万的无辜平民惨遭杀戮。此时正值鲁班云游四方，欲寻一方乐土，专心创造发明。

一日，天将破晓，他来到了鲁中腹地天际山脚下，但见远山叠翠、云水澄清；天际山上，槲柞成林、高大挺拔、树冠遮日、鹊啼鸟鸣；碧水湖中，波光潋滟、鱼翔浅底、日丽风和，令人心旷神怡、流连忘返。此地纳群山之奇秀，吐峻岭之灵气，山郁郁葱葱，水澄清见底，风水甚好，是学习、创造的绝佳之地。

翌日，日出之际，鲁班流恋于山水之间，恰遇一女子，头撞巨树，血流满面。鲁班见后，救下那姑娘，遍采山中草药，为其疗伤医治，始知姑娘名叫仁秀，家住仁村，因遭恶霸欺凌，欲寻短见。鲁班听了仁秀的诉说，将其送回家中。

从此，在仁村结庐居住并返回老家将妻子、母亲接到此地。一住数载，专心助民，潜心创造发明，设计亭台楼榭，庙堂殿宇。

在这里，他还发明了“斩天剑”、“搂金钩”。

鲁班晚年，受其师弟墨翟兼爱天下的思想影响，致力于教授徒弟。鲁班在天际山的“国家老洞”课业授徒，他的七个徒弟远近闻名。

天际山下有七条小河，徒弟的名字由河定名，分别为木河、瓦河、石河、雕河、舟河、车河、机河。徒弟们传承着鲁班的创造设计，登泰山，上京城，修筑宫殿庙堂，设计施工园林，制造精美家具，取得了辉煌的成果。

徒弟们代代传承着鲁班的美德，述说着鲁班的神奇故事，一直流传至今。七子河的名称也由七河逐渐演绎成了现在的西河。

鲁班的奇思妙想、发明创造使天际山脚下的仁村远近闻名。

他发明了锛、凿、斧、锯等木工器械；为鲁作家具的制作升华提

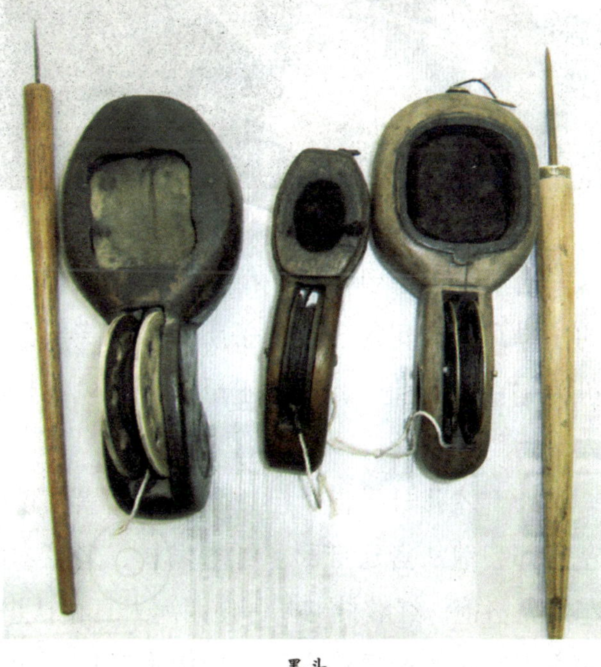
墨斗

供了先进精巧的设备；创造了门、窗、案、床等生活用品，使居住条件上了一个台阶；他打造了磙、锥、碾、磨，实现了粮食加工的第一次革命。

他建造的亭、桥、殿、阁，完善了土木建筑的精巧技艺。他不仅是木、瓦、石、雕、舟、车、机械业的“百工祖师”、“行业神”，还是泽被乡里的名医圣手。

鲁班在天际山下勤于创造，将七子河打造的美轮美奂。一天，王母娘娘巡游至天际山，见此处修建的王母宫琉璃瓦顶、金碧辉煌，宫内九梁十八柱，七十二条脊。

雕龙画凤，重脊飞檐，五彩斑斓，此地如此繁华，就此动了凡心，在天际山下畅游九日不肯离去。

赵州桥

恰巧，天上要重修王母宫，玉皇大帝派太白金星了解到天际山上的王母宫是人间鲁班及弟子所建，便降旨命太白金星下界宣诏，授鲁班为“百匠之神”，监修王母宫。于风和日丽的春夏之交，鲁班一家人奉旨驾鹤升天。

天上才几日，世上已千年。明朝崇祯年间，西河人翟凤翀任兵部左侍郎，他从宫廷带回了红木家具，老红木圈椅、紫檀木月洞床、黄花梨亮格柜、红酸枝书橱等使西河人真正认识了古色古香的红木家具，四方工匠们纷纷探访学习。博山大床博山大漆应运而生，当时西河地区家家有作坊，户户有木匠，成为鲁作家具的基地。

翟凤翀逝世后，崇祯皇帝追赠兵部尚书、赐御葬，并于西河大街立“四锡恩纶”牌坊。其坊高鲁班尺六丈五尺，宽数十余丈，分三层，一色青石材料，有铆有榫扣砌而成。

其坊下设三门，均用方石柱支撑，由坊基直上坊顶。因石梁巨大无法安装，正在工匠们愁眉不展时，见一老者，来到坊前端详。工匠们问老者：您老看如何才能上梁。老者含笑道：我已是土埋半截的人了，能有什么办法？言毕飘然而逝，工匠们定睛一想，老人家话里有话，恍然大悟。这就是鲁班发明的“积土筑坊”的由来。天际山下的人们为了祭祀鲁班祖师，在天际山上盖起了雕梁画柱的鲁班庙，重建了鲁班授徒的鲁班洞。天际山上的鲁班井井水甘甜，滋润了西河这一方沃土。

遗憾的是鲁班庙和鲁班洞因战火焚毁，幸遗址尚存。但天际山下的人们仍然年年祭祀，香火经年不断。鲁班在天际山下七子河畔的传说也将会世世代代的流传。

鲁班学艺的故事

鲁班年轻的时候，决心要上终南山拜师学艺。他拜别了爹娘，骑上马直奔西方，越过一座座山岗，趟过一条条溪流，一连跑了30天，前面没有路了，只见一座大山，高耸入云。鲁班想，定是终南山到了。

山上弯弯曲曲的小道有千把条，该从那一条上去呢鲁班正在为难，看见山脚下有一所小房子，门口坐一位老大娘在纺线。鲁班牵马上前，作了个揖，问：“老奶奶，我要上终南山拜师学艺，该从哪条道上去？”

老大娘说：“这儿九百九十九条道，正中间一条就是。”鲁班连忙道谢。他左数四百九十九条，右数四百九十九条，选正中间那条小道，打马跑上山去。

鲁班到了山顶，只见树林子里露出一条屋脊，走近一看，是三间平房。他轻轻地推开门，屋子里破斧子、烂刨子摊了一地，连个插脚的地方都没有。

一个须发皆白的老头儿，伸着两条腿，躺在床上睡大觉，打呼噜像擂鼓一般。鲁班想，这位老师傅一定就是精通木匠手艺的神仙了。他把破斧子烂刨子收拾在木箱里，然后规规矩矩地等老师傅醒来。

直到太阳落山，老师傅才睁开眼睛坐起来。鲁班走上前，跪在地上说：“师傅啊，您收下我这个徒弟吧。”老师傅问：“你叫什么名字？从哪儿来的？”

鲁班回答：“我叫鲁班，从一万里外的鲁家湾来的。”老师傅说：“我要考考你，你答对了，我就把你收下；答错了，你怎样来还怎样回去。”鲁班不慌不忙地说：“我今天答不上，明天再答。哪天答上来了，师傅就哪天收我做徒弟。”

老师傅捋了捋胡子说：“普普通通的三间房子，几根大柁几根二柁多少根檩子多少根椽子？”鲁班张口就回答：“普普通通的三间房子，四根大柁，四根二柁，大小十五根檩子，二百四十根椽子。五岁的时候我就数过，师傅看对不对？”老师傅轻轻地点了一下头。

老师傅接着问：“一件手艺，有的人三个月就能学会，有的人得三年才能学会。学三个月和学三年，有什么不同？”

鲁班想了想才回答：“学三个月的，手艺扎根在眼裏；学三年的，手艺扎根在心裏。”老师傅又轻轻地点了一下头。

老师傅提出第三个问题：“两个徒弟学成了手艺下山去，师傅送给他们每人一把斧子。大徒弟用斧子挣下了一座金山，二徒弟用斧子在人们心裏刻下了一个名字。你愿意跟哪个徒弟学？”

鲁班马上回答：“愿意跟第二个学。”老师傅听了哈哈大笑。

老师傅说：“好吧，你都答对了，我就得把你收下。可是向我学艺，就得使用我的家伙。可这家伙，我已经五百年没使唤了，你拿去修理修理吧。”

鲁班把木箱裏的家伙拿出来一看，斧子崩了口子，刨子长满了霉斑，凿子又弯又秃，都该拾掇拾掇了。他挽起袖子就在磨刀石上磨起来。

他白天磨，晚上磨，磨得膀子都酸了，磨得两手起了血泡，又高又厚的磨刀石，磨得像一道弯弯的月牙。

一直磨了七天七夜，斧子磨快了，刨子磨光了，凿子也磨出刃来了，一件件都闪闪发亮。他一件一件送给老师傅看，老师傅看了不住地点头。

参天的树木

老师傅说："试试你磨的这把斧子，你去把门前那棵大树砍倒。那棵大树已经长了五百年了。"

鲁班提斧子走到大树下。这棵大树可真粗，几个人都抱不过来；抬头一望，快要顶到天了。他抡起斧子不停地砍，足足砍了十二个白天十二个黑夜，才把这棵大树砍倒。

鲁班提斧子进屋去见师傅。老师傅又说："试试你磨的这把刨子，你先用斧子把这棵大树砍成一根大柁，再用刨子把它刨光；要光得不留一根毛刺儿，圆得像十五的月亮。"

鲁班转过身，拿斧子和刨子来到门前。

他一斧又一斧地砍去了大树的枝，一刨又一刨地刨平了树干上的节疤，足足干了十二个白天十二个黑夜，才把那根大柁刨得又圆又光。

鲁班拿斧子和刨子进屋去见师傅。老师傅又说："试试你磨的这把凿子，你在大柁上凿两千四百个眼儿要六百个方的，六百个圆的，六百个楞的，六百个扁的。"

鲁班拿起凿子和斧子，来到大柁旁边就凿起来。他凿了一个眼儿又凿一个眼儿，只见一阵阵木屑乱飞。足足凿了十二个白天十二个黑夜，两千四百个眼儿都凿好了：六百个方的，六百个圆的，六百个楞的，六百个扁的。

鲁班带凿子和斧子去见师傅。老师傅笑了，他夸奖鲁班说："好孩子，我一定把全套手艺都教给你！"说完就把鲁班领到西屋。

原来西屋里摆了好多模型，有楼有阁有桥有塔，有桌有椅有箱有柜，各式各样，精致极了，鲁班把眼睛都看花了。老师傅笑说："你把这些模型拆下来再安上，每个模型都要拆一遍，安一遍，自己专心学，手艺就学好了。"

老师傅说完就走出去了。鲁班拿起这一件，看看那一件，一件也舍不得放下。他把模型一件件擎在手里，翻过来掉过去地看，每一件都认真拆三遍安三遍。

每天饭也顾不得吃，觉也顾不得睡。老师傅早上来看他，他在琢磨；晚上来看他，他还在琢磨。老师傅催他睡觉，他随口答应，可是不放下手里的模型。

鲁班苦学了三年，把所有的手艺都学会了。老师傅

精美的建筑模型

建筑模型

还要试试他，把模型全部毁掉，让他重新造。他凭记忆，一件一件都造得跟原来的一模一样。

老师傅又提出好多新模型让他造。他一边琢磨一边做，结果都按师傅说的式样做出来了。老师傅非常满意。

一天，老师傅把鲁班叫到眼前，对他说：“徒弟，三年过去了，你的手艺也学成了，今天该下山了。”鲁班说：“不行，我的手艺还不精，我要再学三年！”

老师傅笑说：“以后你自己边做边学吧。你磨的斧子，刨子，凿子，就送给你了，你带去使吧！”

鲁班舍不得离开师傅，可是知道师傅不肯留他了。他哭说：“我给师傅留点什么东西呢”老师傅又笑了，他说：“师傅什么也用不了，只要你不丢师傅的脸，不坏师傅的名声就足够了。”

鲁班只好拜别了师傅，含眼泪下山了。他永远记师傅的话，用师傅给他的斧子、刨子、凿子，给人们造了许多桥梁、机械、房屋、家具，还教了不少徒弟，留下了许多动人的故事，所以后世的人尊他为木工的祖师。

鲁班是职业教育的鼻祖

滕州乡间有句古语，叫“灵，灵不过灵山；巧，巧不过鲁班”。

中国历史上的名人，能给后世子孙留下如此丰硕科技成果的，鲁班是第一人；能留下无数深入人心、誉满天下的美好传说的，鲁班也是第一人。这些年，仅从田野山村调查采风中，蒐集到的鲁班传说，就有 50 多篇。

大量的鲁班传说，就内容来看，有师从自然、刻苦钻研的，如鲁班受啄木鸟啄木的启发，造出了世上第一把凿子；看见小孩头顶荷叶遮阳，造出了雨伞和凉亭。

传说中还有不少“鲁班爱徒”的。说的是他常常亲自下厨给徒弟做饭，最拿手的是“青菜配黄豆”，后来人称“师傅菜”。

鲁班是职业教育的鼻祖，他待徒弟知冷知热，家长都愿把孩子托付给他。不过，他的规章制度很严，只要开春上了山，一干就是一年。

徒弟们想家想得厉害，情绪波动很大，鲁班一不训斥，二不惩罚，想了个人性化的教育方法：课余时间让徒弟们满山遍野各自寻找长得跟自己老娘形象差不多的婆婆石，像照片一样，摆放在各自的床头上。

时间一长，徒弟们就觉得老娘在自己的身旁，就都安下心来了。学徒期满临下山的时候，问题来了，谁也舍不得把“老娘”留在山上，于是都背到山下，安放在门前村头，拜称婆婆石为“干娘”。

多个母亲多份爱，保佑全家平安吉祥，保祐代代子孙天天向上。整个华夏民族，“认干娘”的习俗就这样流传下来了。

打开鲁班的传说，虽然时过两千多年，但是大多数还能在今天的现实生活中得到印证，做到远古与现代的链接。史书记载，“公输做磨”；民间传说，“鲁班造磨”。

在对“磨”的调查中，采用了“捋着麻线找纫头”的倒查法，因饮食文化找煎饼，因煎饼找磨，因磨找磨石，因磨石找造磨人。

终于找到了基本可以认定的两个鲁班造磨处，一个在滕州市界河镇灵泉山腰，一个在龙阳镇龙山村前的百家石地段。

做煎饼离不开石磨，做磨离不开磨石，最适合做磨的石头产在滕州的灵泉山、龙山。龙山脚下，至今还叫“百家石”的地方，相传就是鲁班率领百家石匠，搞石磨大兵团作战的地方，历史上石磨就是从这里进入寻常百姓家的。

石磨出现之前，人们对粮食的加工非常粗糙，甚至无能为力。薯类烧着吃，豆类烤着吃，高粱整穗整穗地煮着吃。

直到现在，鲁班当年没走到的地方，仍保留着大米、玉米吃整粮食粒子的痕迹。石磨飞转，添进去的是一把把的麦，磨出来的是一捧捧的面。面加水一和，揉成了馍馍，切成了面条，包成了水饺，烙成了大煎饼。

鲁班点石成磨，带来了粮食加工的大革命，把人类一下子推进了“食不厌精，脍不厌细”的饮食文明时代。前人栽树，后人乘凉；鲁班造福，子孙分享。

传说鲁班还打了井。《鲁班离地看三尺》和《井水犯河水》《九丈深井不淹人》等传说，都是讲鲁班打井的故事。

鲁班打井定井位的绝招是“日落碗扣地，日出看水气”；在山地和沙滩的施工方法是“软地下盘，硬地穿岩”；安全防范的方法是“留蹬掏洞，救人活命”；改善水质的方法是“井边种药草，长生不会老”。

寻访现在依然使用的古井，大都符合这些口诀的要求。枣庄市山亭区冯卯镇九老庄村的一眼古井，就因为井口四周种植了枸杞、葛根，根扎黄泉，水好养人，一度出过九位老寿星，故名“九老庄”。

石磨

对照鲁班的传说，今天还能找到其他的“公输圣迹”，滕州市界河镇鲁班碌碡堤就是很好的一例。滕州、邹城两市交界的界河，古称白水河。

在鲁班出手治理之前，年年山洪暴发时，波涛滚滚，泥沙俱下，常使两岸人民流离失所，无家可归。

当时鲁班率领弟子们在灵山打磨，看到这一惨状后心想，只有在两岸筑起石头大堤才能制服这匹野马，保住百姓的田园。但是这么多的石头，怎么往山下运呢？

他瞅着一盘盘圆圆的石磨，想起了让石头长腿自个儿下山的办法，于是便打制了三千个圆滚滚的大碌碡，往下一放骨骨碌碌顺着河岸滚下去，垒成了铜墙铁壁式的河堤。

用碌碡筑堤又省运力，又减缓激流的冲刷力。鲁班用超人的智慧和精湛的技艺，打造了这举世无双的变水害为水利的工程，比李冰父子建筑的都江堰还早二百多年。

鲁班是中华民族优秀传统文化的载体，作为“匠”，他巧技制器，怀匠心；作为“师”，他授业解惑，至善育人，严师道；作为“圣”，他创制垂法，博施济众，汇圣德。匠心、师道、圣德集于一身。他是属于全中国人民的一张独特的历史文化名片。他永远留驻在我们的心田，永远是人民的鲁班。

迷你知识卡

鼻祖

始祖，比喻创始人。详细解释有三种。

始祖，有世系可考的最初的祖先；比喻某一学派或某一行业的创始人；比喻最早出现的某一事物。

第二章

鲁班传说——由工匠们一代一代流传下来

鲁班的神话传说

著名的思想家墨翟经常出现在鲁班的故事中。

墨翟雕像

一天，一位工匠发明了一只木鸟，木鸟高高地升入天空并高高地留在天空三天。墨翟说，“你造这只木鸟的功绩是不能与一位工匠制做一个车轴销子相比较的。”

在很短的时间里，工匠砍出一片木头，虽然仅三英尺，但能载动至少大约3吨的重负。的确，任何对人们有益的成就才可说成是功绩，而任何无益的则是技艺。

据说，这种论点使鲁班献身于人们的生活之中，服务于人们，制造有用的东西。这段历史还有第二种描述，这也许是学者们对工匠能力的妒忌：墨翟根据这种模型，花了三年的时间制成一个风筝，却在其放飞的第一天折毁。当他的谄媚追随者奉承他时，他说：“这和做木制牛轭栓一样不明智。”

鲁班的另外一个故事也与思想家墨翟有关。楚惠王是个最有权的人，他准备与邻国宋国作战。他委托鲁班设计火炮“登城云梯”，用以攀登宋国首府的防御区。

这时墨翟前来用聪明的言词和诚心，试图劝阻惠王放弃其意图。惠王犹豫不决。为了说服他的论点，墨翟不得不做一次模拟的交战，反击鲁班和他的器械，最后，以他第九次反击抵制了鲁班。于是惠王终于同意放弃他的追求。有一位本领不高的建造者在设计一座喇嘛庙的屋顶时结构不成比例。工程进展中这个差错便暴露出来。面对着日益严重的工程差错，急得他只想自杀。

他下决心这样做以后，便到工地食堂去进最后一餐，去后他发现做饭的厨师换了人，菜也做得不可口。当他抱怨这位厨师时，得到的唯一回答是：“加重盐。”这句话在他脑子里反复出现多次以后，这位建造者发出了一句音同而字不同的声音：“加重檐”。

于是他的建造上的难题终于得到解决。同时也保住了自己的性命。有人说，那个厨师就是鲁班。

另外还有一个类似的故事。有一位元朝皇帝想建一处新奇的避暑房屋。他找了一位建造者并命他一定要设计出自己满意的样式，否则将被处死。这位建造者凭空想出了许多方案，却没有一个能符合要求。

绝望之中他来到一个茶馆里。发现坐在他旁边的是一个老翁。这位老人拿了一只极稀有的空鸟笼。这位建造者立即觉得，这只鸟笼正好提供了他要他寻找的设计基础。他提出要买这只鸟笼，但出任何高价这位老翁都不卖，后来老翁就离开了茶馆。

他失望地返回家里，却惊喜地发现那只鸟笼已被老翁留在他的家

重檐飞角

中并提供了鸟笼的装配图。第二天这座新奇的避暑房屋即开始动了工。这位老翁就是鲁班。

在很多这样的故事中，鲁班都被描写成一位慈善的强者，能够帮助那些危难中的人们。上梁的时候，人们按惯例是用带有福字的红布装饰横穿房子的主梁。

这是由于一位砌砖工人和工匠在建造一所新房子时，错量了主梁的尺寸，并发现他们所建造的梁比所要求的尺寸短了一英尺。

正当他们发愁这个难题时，一位老工匠凑过来提供了一个解决办法。他说："把梁砍成两半，我来为你们安装。"

他们照着他的说法做了，于是老人登上梯子安装了此梁的每半个，在中间留出一个空当，并用一块印有福字的红绸填放其中。没有人能看出这根梁是分开的。工匠和砌砖的工人们看到这个新装法都很高兴，当他们转身向这个老人道谢时，鲁班已经不见了。这个故事的寓意是做细木工所制的物品时要格外的精心，否则时间和木料都会被浪费掉。

在建造东宫的时候，有一位老工匠想求一份活干，可工头说他年龄太大了，无法爬到所要工作的高处。这位老者说他可以做一些简单的工作。

这时，另一位工人劝说工头留下这位老者和他们一起干活。老人留在那里，两周之内他做的所有事情只是制作出了许多不规则和不整齐的楔子。这些楔子显然是根本没有用的，有些人甚至拿着它当了柴禾。到了装配所有梁和柱的时候，工人们根本没有遇到连接上的困难。

后来一位工人拿起鲁班的楔子，发现每个连接物的空间都接得很好，一个接一个，鲁班所有的楔子都用在宫殿的建造中了。这位老人就是鲁班，从此很受人尊敬。

石磨

鲁班的神灵一直永存在工作之中，并活在从事建筑工业的人们心中，建筑业将继续庆祝他的生日，整个社会都感激鲁班。他为人类创立了许多建筑技巧方面的技术。

石磨与云梯的由来

鲁班一年到头，四处奔波，给别人干活。这一天，他忙了一上午，坐下来休息。旁边，有一家人正准备做饭，可是没有面粉了。

他们拿来一些麦子，放在石臼里，用沉重的石杵去捣。捣麦的人累得满头大汗，才捣碎了很少一点。因为麦粒是椭圆形的，用劲小了，砸不碎；劲大了，又把麦粒砸跑了，真是急死人了。

当时，人们都是用的这种办法。鲁班决心改革它，为人们解决困难。又一天，鲁班来到另一个地方干活，恰巧看到一个老太太正在捣麦子。

老太太年岁大了，举不起石杵了。她扶着石杵，在石臼里磨着麦粒。鲁班走过去一看，石臼里的麦粒有不少已经磨成了粉。鲁班从这里得到了启发。

回到家里，鲁班叫他的妻子云氏找来两块石料。他把石料凿成两个大圆盘，又在每个圆盘的一面凿出一道道槽。

其中的一个圆盘，他还安上了木把。邻居们都很奇怪，鲁班做的是什么呢？大家都围过来看。

只见鲁班把两个圆盘摞在一起，凿槽的两面相合，有木把的放在上面，中心还装了个轴。他在圆盘中间放上麦粒，然后转动上面的石盘，麦粒很快就磨成了面粉。大家高兴极了，鲁班真是为人们立了一大功啊！这就是两千多年来，在我国农村曾经广泛使用过的石磨。

鲁班生活的年代，正值诸侯争霸，战争连年不休。

那时，每个城市都修有很高很厚的城墙。守城的将士们关上城门，站在城墙上守卫着。而攻城者呢，手中的武器不过是弓箭、长矛之类，很难将城攻下。常常是把城围了多日，干着急攻不下来。

鲁国国王命令鲁班制造攻城的器械。鲁班想来想去，想起了自己盖房子时用过的短梯。踏着短梯，能登上房顶，造一个长梯，不就可以爬上高高的城墙了吗？如果在梯子上还能射箭，不就可以打退守城的人了吗？

于是，鲁班造出了云梯。这种云梯，能在地上架起来，够上高高的城墙，上面还可以站人射箭。现代消防器材中的云梯，就是从这个云梯发展演变而来的。

《列子·新论·知人篇》中关于鲁班雕刻凤凰的故事，更表现了他不怕讥讽、刻苦钻研的精神。

故事说，鲁班想雕刻一只凤凰，还没有雕成，就受到别人的讥笑，但是他没有因此而停止工作，反而更加努力，终于刻出了神态逼真、栩栩如生的凤凰。那些曾经讥笑过他的人，终于不得不佩服鲁班的高超技艺和顽强努力的精神。

鲁班发明的另外一个非常重要的工具是工匠用的墨斗，这项发明可能是受其母亲的启发。当时其母正在剪裁和缝制衣服，鲁班注视着这一切，见她是用一个小粉末袋和一根线先打印出所要的裁制的形状。

鲁班把这种做法转到一个墨斗中，通过一根线捏住其两端放到即将制作的材料之上印出所需的线条。最初需由鲁班和他母亲握住线的两端。

后来他的母亲建议他做一个小钩系在此线的一端，这样就把她从这种杂活中解脱出来，使之可由一个人来进行。为了纪念鲁班的母亲，工匠们至今仍称这种墨斗为班母。

鲁班之弓——弓弩的发明

《墨子》记载：公输班为楚造云梯。为何造没说，各为其国。鲁班少时生地鲁国，到春秋后期，鲁班领工匠时，鲁国已为楚国占有。

当时向战国过渡，各国顾不得克己复礼的孔子学说，纷纷加强战备，扩充军力，楚王重用鲁班大造武器：战车，攻防车，楼车、弹丸车、攻城锤、行天桥、云梯等不下十几种，又削竹木为鸢，飞空窥视敌城。

一日在练武兵城，兵将们正比箭，鲁班路过被兵将们看见，内中有人对鲁班说：“大工匠来啦，人都说不敢在你门前班门弄斧，可你敢在军中比箭吗？”

鲁班听此笑了笑说："尺有所短寸有所长，干哪行都有哪行的武艺。现在我是比不过您，不是我夸下海口，三日后，我叫你看看，你们谁射的箭比我射的远。"将兵们齐说："那好，三日后比箭。"

鲁班走后，众人还在议论。有的说没见过工匠立马当将，鲁班敢应也许人家是仙家门徒，真人不露相；有的说鲁班是名人，名人是不说空话，大家抓紧练，别败在外行人手里。

再说鲁班回家到作坊里，想想楚王又催造武器，徒弟们连天造呀造，不是兵车就是狼牙箭，可在弓上呢，造大弓好造，能射远，可谁能拉动三百斤的弓呢，拉动的有几人呢。

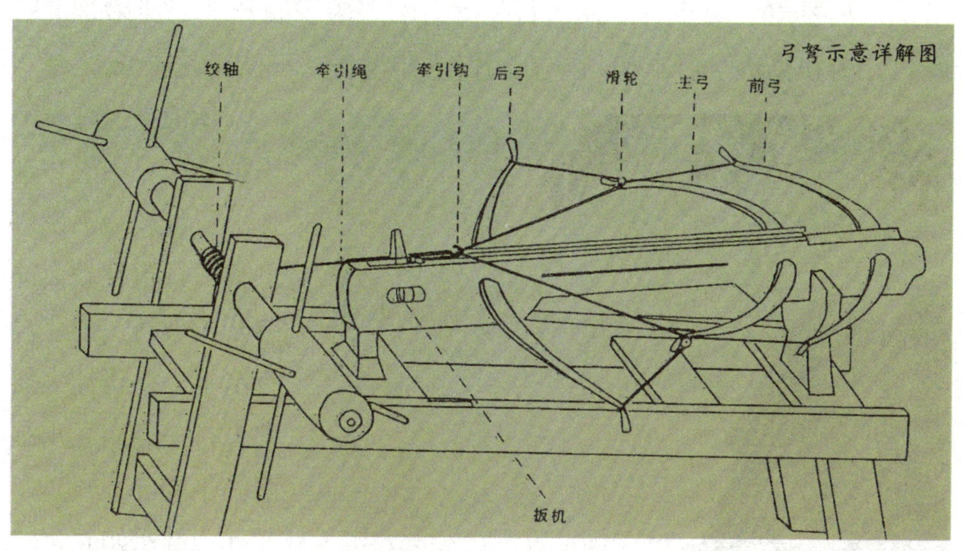

鲁班正想得入迷，班妻几趟催吃饭他也懒得动身子。正巧班母进作坊，问班妻见秤砣了不？鲁班还在沉思，班母见他忘其所以，喝道："什么事压在你身上了啦，你还不如小秤砣能压千斤。"

一提秤砣，班妻道："娘我找着了。"奇怪的是鲁班也说找着了。班母问："不能两个秤砣一杆秤？"

鲁斑道："由提秤砣，我找到造弓的法了。"

鲁班想到借用一种工具机械拉力，达三百斤，让每个兵卒能拉动，加大射程。

为造新弓，鲁班不知画了多少，制了多少模具，日夜忙。也是被比箭逼的，他硬是在三天内造出人力机械弓，命名弓弩流传于世。

不必再叙比箭之事，若没鲁班之弓，也就没有罗贯中之句“万弩齐发破曹兵”。其后鲁班的传人在弓弩的基础上，使用上火药。制造了猎枪，西洋人根据我国的土枪造出了所谓的洋枪。论起现代武器，鲁班当是始祖。

石匠、木匠、瓦匠的祖师爷

传说鲁班有三个徒弟，大徒弟是石匠，当时的石匠在开山时不用凿子，只要用“墨斗”一弹，石头就会顺着墨线裂开。二徒弟是“巧匠”，专和鲁班学习“机巧”，制作机器设备。三徒弟是木匠。

古代工匠开山裂石

传说鲁班开石不用凿子，只用墨斗一弹山石自裂。话说鲁班爷一日正在教大徒弟开山裂石，墨斗没有水了，鲁班让大徒弟去打一点山泉水湿润一下墨斗。

大徒弟嫌路远，就到路旁撒了一泡尿放在墨斗里。鲁班用这“尿斗”一弹，山石没有裂开。

鲁班大惊，看着大徒弟说：“你的懒惰使你的徒子徒孙世世代代都要付出汗水和鲜血才能填饱肚子。”从此，石匠必须用铁凿开采石材，而木匠随地撒尿的习惯也流传下来。

再说二徒弟，鲁班教老二、老三做木人，能像人一样行走如飞。鲁班先做了一个样子，然后让他两照着做，老三做了，木人行走自如。

老二也做了，但纹丝不动，老二问鲁班为什么？鲁班说：“你量的尺寸都对吗？”

老二说：“都量了。鲁班又说：你量心脏的位置了吗？”老二说：“没量心。”

鲁班道：“你都没有‘量心’（良心），你做的木人能走吗？”从此，二徒弟没良心就流传下来。

还有三徒弟，鲁班很器重他，说他老实、诚实。一天，鲁班自觉快要死了，就把三徒弟叫道跟前说道：“你把我的口水吃下去，你将受益终身。”

老三说：“这么脏的东西我怎么能吃呢？”坚决不吃。鲁班长叹一声道：“木匠今后可要一辈子受苦了！”说罢转身将口水吐入河水中，仙逝了。

河中的鲤鱼非常聪明，一口将鲁班的口水吞入腹中，转身就跑。原来，鲁班粘接木板不用胶，就用口水就能粘住，但从来不让徒弟们知道。

河中鲤鱼日久成精，见多识广，知道鲁班的口水是好东西。再说三徒弟见鲤鱼吃了师傅口水跑了，才大梦初醒，大喊快抓住鲤鱼！

那鲤鱼精把吞下去的口水变成泡沫沿河漂流，众鲤鱼纷纷抢而食之。三徒弟和众人捉得几条鲤鱼，放入盆中用水熬，最后得到的粘稠鱼汤颇有粘性，可以粘接木板。

那天众人只顾得抓鱼熬胶了，没人打扫刨花，弄得刨花随风乱飞。从此木匠要想粘木板就必须费时费力的熬胶了，也留下了“干净瓦匠，邋遢木匠”的坏名声。

这就是鲁班的三个徒弟的故事，木匠是所有古代技术工种中最聪明的，因为木匠必须识字、四则运算、乘方开方、画图、比例尺、冶金、机加工、机器制造等等。

鲁班山的传说

陇西柯寨乡有一座山，名叫鲁班山。传说古时山上住有二十多户人家。其中有一家姓鲁的，主人名叫鲁班。

他有三个儿子，妻贤子孝，日子过得满自在。一天鲁班出门，看到山崖下躺着一位瘦骨嶙峋的老人，头部流血，手里抓着一布袋面粉在呻吟。

他走近一问，才知是刚从山下首阳磨面回来，不慎跌下山坡被摔伤了。听完老人的诉说，鲁班暗下决心，一定要为山上人解决磨面难的问题。

回到家里，他与妻子、儿子商议，决定引渭河水上山，在山顶修一盘水磨。人常说“人往高处走，水向低处流”，可从没见过水往高处流的，妻儿心里都很纳闷，但看到鲁班的态度很坚决，便都依了他。

第二天，鲁班召集了山上各家的强壮劳力，便破土动工。一个月后，一座崭新的水磨便屹立在山顶。又一个月后，从山下到山上的水渠也挖成了。

一切准备就绪，单等引水上山了。

引水上山的一天，远近乡邻都纷纷跑来看鲁班引水。时辰一到，只见鲁班手里提着一把利剑，领着他的三个儿子，噔！噔！噔！走上磨坊旁的一个平台。

只见他挽起袖管，活动筋骨，然后便呼呼地挥舞宝剑作起法来。

不一会儿，一阵紧似一阵的狂风直向人们扑来，刮得天昏地暗。

忽听鲁班大吼一声：“大儿，水上来了没有？”

他的大儿子为人敦厚老实，听见父亲问话，便向山下望了一眼，只见渭河水哗哗地在新渠上漫着上不来，便照实对父亲说：“没有，父亲……”

话没说完，只见寒光一闪，大儿子的头颅便骨碌碌滚下山去。

鲁班继续兴云作法，风刮得更猛了，天色更暗淡了。但他脸色未变，又对二儿子大吼道：“二儿，水上来了没有？”

二儿子也像大哥一样老实，跑去看了看，只见水波涌得更大了，就是漫不上来。于是跑去对父亲说没有。

结果也和大哥一样，不明不白的做了剑下之鬼。

鲁班不停地兴云作法，风刮得更猛更紧，天色越暗淡了。他仍脸色不变，又对着三儿大吼道："三儿，水上来了没有？"

三儿子胆小，但人很机灵，看到自己两个哥哥说"没有"都丧了命，便灵机一动，忙应声道："水上来了！"话没说完，只听轰隆隆！哗啦啦！惊天动地的声响从山下传上来。待人们看时，只见渭河水已顺着水渠奔腾上山。

顿时，欢呼声，惊叹声响成一片，可鲁班却阴沉着脸，两股老泪顺着腮旁流了下来，和三儿子一晃便不见了。

人们再看渠水时，只见水上山后将磨轮推着转了三圈，便又忽啦啦地退了下去。

后来据说，如果鲁班的三个儿子都说"水上来了"水就会不停息地向上流，水磨就永远给山上人磨面。虽然引水上山的尝试失败了，但鲁班为引水上山却献出了两个心爱儿子的生命。

他带领众人挖的水渠却像碑刻一样嵌在山上，至今还可以看出痕迹。人民怀念鲁班，就把这座山叫做鲁班山。

鲁班开水渠

赵巧造桥鸡不叫

自从和鲁班师傅比赛失败后，尽管雕刻比赛过去半年了，这段日子里，赵巧比平日少了许多话，听到师兄师弟们的夸奖，虽面露喜色，却不轻易狂言了。

鲁班心里也暗喜，但愿徒弟从此改掉轻狂的毛病。谁知赵巧面子上服了师傅，心里却不服，暗暗地在心里较劲。

有那么几次师傅吩咐赵巧带师弟们单独去干活，事后主人家对活计很满意，纷纷夸奖鲁班教出个好徒弟。

不知不觉赵巧淡忘了雕刻比赛的尴尬，在师兄弟们面前又趾高气扬了，一次闲话中竟忘乎所以说出他与师傅比赛赢了师傅的话。

有多事的徒弟便去问鲁班是真是假，鲁班笑笑，让人将赵巧找来，面对徒弟们说："上次与赵巧比赛确有其事，但你们没有看见。由你们大伙作证，我和赵巧再比一次如何？"

古代的桥工艺精美

"好！好！"徒弟们异口同声。

"那就今天，正好邻村新筑了圩墙要建两座桥，找我来了。"鲁班转向赵巧："咱俩一人建一座如何？眼下是月初，月圆日为限？"

"行，还是以鸡叫为号，月圆夜鸡叫结束比赛。"赵巧一脸得意。

村子里早将造桥所用石头、土灰等材料准备好了，鲁班一到地方就开始紧张地施工了。赵巧看师傅忙起来，自己走开了，他围着圩墙转了一圈，东看看西瞧瞧，看那样子就没有干活的打算。果真，他转身走进了村外的小树林，躺在树荫下睡觉去了。

接连几天，赵巧不是去邻村赶集，就是找地儿睡觉。这天有位师兄来找师傅商议事情，顺便去看赵巧，一见赵巧还没有动工，便说他："师傅的桥已建大半，你怎么还不动工？你虽然灵巧，建桥可要实实在在的功夫。"

赵巧头一摆："慌啥！月圆夜还没到呢，到时你就看好吧！"

看师弟不听劝，师兄摇着头走了。

月亮眼看快圆了，赵巧这才拿一把铁锹，慢吞吞走到圩墙的西南方，这里正是围绕圩墙的壕沟拐弯的地方，距壕沟三四米远的地方有一道水沟，那是天旱时农人浇地用的，平时总是干着，沟坡上长满了青草，不走近细看你都发现不了。

赵巧就在水沟距壕沟的最近处斜着掏了个洞，让壕沟的水从洞里流进水沟，人在地面走，这就形成了一个小小的土桥。

做完这一切，赵巧满意地笑了，看看即将落山的夕阳，扛起铁锹转到师傅那里。他藏在树后偷偷一看，心里吃了一惊，一座工工整整的石桥已快合龙了，到不了鸡叫师傅就能完工了。

午夜，升上中天的明月将大地照得一片银白，鲁班还在忙碌着，再搭上两块长石板，这桥就合龙了。

石板太大了，鲁班用双手搬有些吃力，他只得用双手掀起一头摺过去，再掀起摺去。这才将石板稳稳地安放在桥上，等他直起腰，准备再搬最后一块石板时，旁边的小树林里传来了一声鸡叫，紧接着村子里也陆续响起了鸡叫声。

鲁班抬头看看还在中天的月亮，疑惑地自语："怪啊！今天这鸡怎叫的这么早。"看看那块孤零零呆在桥边的石板，鲁班说："伙计，先呆着吧，天亮了再让你入伙。"转身向村里走去。

天亮了，艳红的朝霞还没有散去，桥边已站满了村人及所有徒弟们，看着还差一块板没有完工的新桥，人们没说一句话。突然有人大喊："师傅赢了，不管怎么说这是实实在在的桥，赵巧那也叫建桥吗？就算是桥，也不是通向村内呀？"

众人纷纷附和；"师傅赢了，师傅赢了！"

等众人停了喊声，鲁班低沉的嗓音响起："我输了，事先没规定具体建桥位置，也没规定必须用石料。不管怎么说，赵巧建的也是一座桥。"

众人不再看一脸得意的赵巧，腿脚快的已赶到桥边，合力搬起那最后的石板，稳稳安放在桥中央。

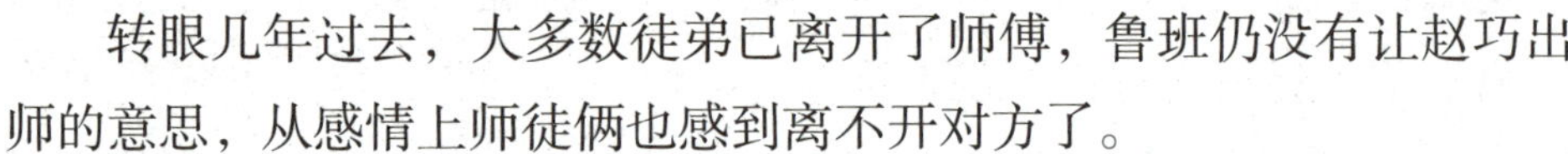

赵巧送灯台一去不回还

转眼几年过去，大多数徒弟已离开了师傅，鲁班仍没有让赵巧出师的意思，从感情上师徒俩也感到离不开对方了。

这一年，师徒俩离开家乡到外地，一路走一路为当地百姓修房建桥。一天他们来到一条大河边，只见河床很宽，河的中间水汹涌地打着旋涡向下游流去，两岸的百姓要走亲访友，须绕道上游几十里外的桥上才能过去。

鲁班决定在这里建座桥，把想法告诉附近的百姓后，他们高兴极了，立刻串联了两岸的人，很快便备齐了建桥的材料。

眼看要动工了，鲁班却不慌不忙地在河岸坐下来，手拿一根尺把长的木头，用心雕刻起来，那根木头很快便有了形状。

赵巧一看，师傅原来刻的是照明用的灯台，粗粗笨笨的也不好看。他转身也找了一根木头，用心刻起来，不一会儿，竟赶在师傅前面刻完了，看师傅站起来，慌忙将灯台藏入怀内。师傅将灯台交到赵巧手里，嘱咐他："收好了，用时找你要。"

师徒俩从两岸分头施工，慢慢向河中心靠近，眼看桥快合龙了。

这一天，鲁班让赵巧拿出灯台，看着脚下汹涌的河水，对徒弟说："这条河通着东海，河上风浪大是海里的虾兵蟹将们在演习武艺，风浪不平桥难以顺利合龙，须向龙王借三天时间。你拿着我的灯台去见龙王，只要灯不灭，龙王会拿你当客人待，你只管陪龙王说笑。龙宫里三个时辰就是地面上三天，桥合龙后我会接你回来。”说完，点着灯台交给赵巧，一把将赵巧推下了河。

赵巧猛地进入水中，浑身一激灵，心想：完了，师傅虽然平时没说过我两次比赛中耍的鬼点子，可心里记恨着，在这里等着我呢。还没容他想完，只见灯光下河水自动向两边分开，眼前分明是一条道路，河底的水草婀娜多姿在身边飘摇着，鱼虾游来游去。赵巧明白了，师傅的灯台是个神物。想起师傅三个时辰的话，赶紧顺道路向前走去。

龙宫里晶莹剔透，虾兵蟹将们在尽职巡逻，龟相摇摇摆摆迎出来，口里喊着：“贵客到了。”

造型奇特的灯

龙王客客气气请赵巧坐在身边，问着人间的年景收成，又让龟相去安排宴席。一会儿工夫，珍馐美味便端了上来，水晶杯里是透明的琼浆玉液，赵巧哪见过这种场面，喜的端起酒杯便与龙王推杯换盏起来。龙宫的大厅里，河蚌姑娘们跳起柔美的舞蹈。

赵巧很快已醉眼朦胧，他乜斜着眼，一面应答着龙王的问话，一面看着师傅的灯台。心想，就这么个粗笨的东西，竟镇住了龙王。我刻的灯台比师傅的精致多了，若点上，龙王更怕。心里想着，手就从怀里拿出了灯台，比师傅的果然精致小巧。他摇晃着走向放师傅灯台的珊瑚案子，将自己的灯台点着，一口吹灭了师傅的灯台。

谁知他的灯台漏油，亮亮的火苗闪了几下便熄灭了。只听龙王一声断喝：“哪里来得野人？给我扔出去！”虾兵蟹将们一拥而上将赵巧扔出了龙宫，海水裹着赵巧，只几个滚便不见了踪影。

鲁班这里刚将最后一块石板安放好，还没直起身子，就见原本平静的河水掀起了滔天大浪，他明白赵巧没听自己的话出事了。想起师徒的情分，不由两眼淌下热泪，扶着桥栏杆喊着：“赵巧啊！赵巧，你一直找巧，最终毁在自己的聪明里。”

从此，赵巧送灯台一去不回来的故事便在民间流传开来。

精美别致的土堆亭

鱼衔梁、土堆亭

战国时期诸侯称霸，连年战争给老百姓带来了无尽的灾难。风雨飘摇中的周王朝不顾百姓疾苦，还在撑着架子做着君王梦。公元前475年周元王即位，临朝不久便嫌皇家园林不够气派，心血来潮要建一座前朝没有的大殿，达到能装下原来的大殿；花园的凉亭都是砖瓦顶的，他偏要整块石顶的，颜色还要吉利。

皇帝的话一出口，善于逢迎的大臣便向全国下了征集建筑材料及用工的诏书，这下可苦了老百姓，本来就日子艰难，又增加了额外负担。

可皇命不可违，加上地方官员借机敲诈催逼，不长的时间建筑所用材料已大部齐备，只差了宫殿的大梁和亭子的顶盖。

国家毕竟地域宽广，正当负责此项工程的总领工为无法及时开工犯愁时，有人来报，说是在北方的深山密林里找到了主干长达30多米的大树，在西南的大山里发现了成片的朱砂石，石匠已按照需要在采料，工程可以开工，边干边等。

果然，工程未建到一半，大树和朱砂石已运到工地。总领工用尺一量，足够大梁长度，马上安排木匠和石匠按工程需要进行细加工。

负责监工的官吏为使工程赶在周元王生日大典前竣工，让人们日夜加班。此时正值盛夏，中午骄阳似火，即使不干活也大汗淋漓，工匠们还要在几十米高的架子上爬上爬下，终于有一位工匠撑不住倒在架子旁。

旁边的人赶紧将他抬到树荫下，有人端过一碗凉水正要往晕倒的人口里灌，监工的过来了，啥话不说挥鞭打翻了碗，又抡鞭打向众人，口里骂着："竟敢偷懒耍滑，真是贱骨头不打不干活。"人们只得放下晕倒的人去干活了。

晕倒的人再也没有醒过来。到了晚上，几位同乡埋葬了他后，悄悄商量："这活再干下去，不是累死，也得被监工的打死，不如趁此时跑了。"一个说："就是走，也得为死去的人报了仇再说。"

几天后，领工的发现干活的人少了不少，只得又派人再去招零工。尽管干活的人走马灯似的换了一茬又一茬，工程的进度也不算慢，眼看快要上梁封顶了。

这天，总领工安排完当天的活计，来到了料场，老远就看到朱砂石亭顶在阳光下像团燃烧的火，待到走近才看清石雕的技艺很精湛，雕刻的兽脊覆瓦非常逼真，他围着朱砂石转开了圈，开始时笑眯眯的，可转着转着他的脸色沉下来了，这么大的石料，雕刻的又如此精致，怎样才能稳稳当当安放到足有两层楼高的亭柱上？

他搓着双手轻轻叹了口气。

当他又站在已刨的光亮水滑静静躺在地上的楠木大梁前时，脸上又露出微微的笑意。他不经意地从大梁的这头走到那头，心里又犯了疑，这梁怎么有点短啊？

急忙从怀里掏出尺子，这一量啊，他顿时感到像掉进了冰窖，脸刷的白了，浑身哆嗦起来。当初他亲自放线计算好的大梁怎么就少了近三米呢？

他瘫软地坐在大梁一旁，看着参差不齐的大梁断茬，心里明白了是同乡们为死去的工匠报仇截断的。

他心里那个苦啊，心说；“伙计啊伙计，你们报仇害的却是我啊，临到如今去哪里再找合适的梁柱？不能如期完工，我这脑袋还能长在身上吗？”

一边又骂着昏庸的皇帝不管百姓死活，凶残的监工助纣为虐。骂着想着，大梁不能用，朱砂石无法安放，工程不能竣工，这死罪是躲不过了，与其让皇帝处死，还不如自己了断了痛快，想想自己一生建了多少殿堂亭阁，修了多少木桥栈道，最终却死在了自己未能完成的工地上，也算是命该如此。

第二天人们正要出工时，在离工棚不远处的大树下发现了已冰凉僵硬的总领工，从他留下的绝笔书上，人们知道了他服毒自尽的原因。

总领工死了，皇帝可不管什么原因，大殿还要建，亭子还要盖，反正能工巧匠多的是，再委派个领工就是了。

继任的总领工数月间也没能想出合适的办法，美丽的朱砂亭盖、长长的楠木梁仍躺在地上，因延误工期这位总领工被皇帝下旨处死了。

他的徒弟一位年近五十为人厚道的工匠自荐担任了新的领工。回家后老伴知道了不住的数落他:“明明是断头台，自己还跑着上。你若走了，剩我个孤老婆子怎么办？”

他叹了口气：“师傅临死时的喊冤声让我心酸，换了谁也是没办法，早晚也是死，不如自己紧随师傅去了，还能救别人一命。”

老伴深知他的为人，事已至此说什么也晚了，就变着法的让老头吃好点，尽量让他最后的日子过的舒心些。

离限定竣工的日子一天天近了，领工心里反倒平静了，只是老伴天天陪着掉泪。这天晚饭老伴烧了两条鱼，做了白米饭，老两口刚要吃饭，忽听门外一声喊：“家里有人吗？”

领工走出门，看到来人浑身尘土，脸上胡子拉碴，牵着一头毛驴，见到领工两手抱拳施礼：“小老儿路过此地，天色已晚，想在此借宿一晚讨饶顿饭，不知可行？”

领工点点头，接过毛驴的缰绳拴在树上，便领老人进了屋。老人

看到桌上的饭菜，高兴得像个孩子，拍着手一屁股坐下，同时叫着：“我最喜欢吃鱼了，只是有鱼无酒可不好。怎么没汤啊，赶路之人口渴的很，来碗热汤最好了。”

领工只得起身，找出酒壶晃了晃，没酒了，转身对客人说：“真抱歉，你少等会儿，我去去就来。”

客人大咧咧地挥挥手：“去吧！去吧！我等着。”他这里去打酒，老伴也起身去厨房烧汤去了。

等他打酒回来，边进屋边说：“让老哥久等了。”没人应声，进到屋里抬眼一看，饭桌上一片狼藉，哪还有客人的影子？

他大声喊老伴：“这是怎么回事？客人哪去了？是不是你撵走的？我这将死之人能有人陪伴喝顿酒也是缘分。你怎么能这样？”

造型迥异的亭台

老伴闻声跑进来，一看饭桌也愣住了：“我一直在厨房，没听到动静啊。这人啥时走的我也不知道，走就走了吧。真是个不知好歹的人，咱们心里这么难受，好饭好菜的待他，不领情也就罢了，还糟蹋东西。”

说着就上前收拾桌子，老伴说话这功夫，领工两眼一直盯着饭桌，他伸手拦住了老伴，自己走到饭桌跟前。只见盛鱼的红花碗翻扣在桌上，米饭不知哪去了，两条鱼横放在两只空碗上，口里分别衔着一根筷子的两头，活像个独木桥；他慢慢掀起翻扣的红花碗，原来米饭在这里被堆成了一堆，四只筷子插在米饭中，只露出很短的筷子头顶住了红花碗。

他放下碗，用手一拍额头，大叫着："哎呀！救命星，鲁班爷呀！"撒腿往外跑去，老伴追出来："你疯了，不吃饭了？"人早跑远了。

领工跑到料场，找来两段楠木料，叮叮当当忙开了。

待到天亮一看，两只雕刻好的大木鱼静静躺在已睡熟的领工身旁。人们不知咋回事，急忙喊醒他，他一骨碌爬起来看着人们；"上工，上工，多找人，有办法上梁封顶了。今天起日夜加班，如期竣工。"

他安排人用土将已竖起的亭柱埋起来，用十几根大绳捆好朱砂石盖，指挥人沿着土堆一点点拉上去，待石盖稳稳安放在亭柱上，又将土撤去，一座美丽无比的朱砂亭便耸立在人们眼前了。

两只大木鱼口中衔着那根短了的楠木大梁也稳稳当当地架在了宫殿墙上，尺寸刚好相当。人们的欢呼声中，领工跪在地上，连磕三个响头："谢谢鲁班爷指点救命之恩！师傅！你在九泉下可以安心了。"

从此这种建筑艺术便传了下来，工匠们称为"鱼衔梁、土堆亭"。

迷你知识卡

云梯

在古代属于战争器械，用于攀越城墙攻城的用具。

古代的云梯，有的种类其下带有轮子，可以推动行驶，故也被称为"云梯车"，配备有防盾，绞车，抓钩等器具，有的带有用滑轮升降设备。

第三章

鲁班——具有神奇技艺和无穷智慧的匠师

过人的“技巧”才能

鲁班发明创造的传说。古代典籍和民间传说中，记载鲁班创造云梯、战船、磨、碾、钻、刨、门户铺首和锯子等工具。

传说鲁班小时候就显示出过人的“技巧”才能。有一年，鲁国权臣季康子的母亲去世，由于棺木巨大无法下葬，这时年幼的鲁班请求用他设计的“技巧”来下棺。季康子竟听从了小鲁班的意见，并用鲁班的“技巧”顺利埋葬了季氏之母。由此可见，鲁班年幼时就已经以

工艺复杂的造船技术

建筑需要无穷智慧

“技巧”闻名，并受到长者的信任。

传说鲁班66岁得子，99岁寿终。老年喜得贵子，望子成材心切。可鲁班的儿子很不争气，拉锯下线，锛木头砍腿，打个板凳还三翘脚。

鲁班急了，把多半辈子磨秃的钻，用钝的斧，都摆在儿子的床前，还一日三餐亲自下厨给儿子做菜豆腐吃。

不到一年，小伙子长高了，还长了心眼，父亲的十八般武艺也学到了手，并传给了后人，发扬光大了“公输功业”。后世工匠们为牢记“班门教子”的家风，每当收徒时，就仿效祖师爷的做法，先熬一锅菜豆腐给徒弟吃。含有忆苦励志的寓意。

民间有很多鲁班修建著名桥梁、殿宇、寺庙的传说。这类传说是劳动人民在不同时期创作的故事，不一定真的发生在鲁班身上。

这些故事对今人来说几乎是难以置信的，但读起来又很有趣味。经过长期的流传、演变，其中少量的故事可能是真的，而其余那些显然是虚构的。

这类故事由工匠们代代相传，使后人进入一个可能的和可信的到难以置信的幻觉世界。

鲁班在各地修建的桥梁、殿宇、寺庙等建筑的传说，以及列在他名下的一些发明创造，都是劳动人民在不同历史时期所创作的传说，并非都是春秋时期鲁班的业绩。历代工匠希望提高征服自然、改进工艺的能力，便把鲁班想象成为具有神奇技艺和无穷智慧的匠师。

夜雕佛像无脑袋

鲁班是有名的能工巧匠，他发明的许多生产工具深受老百姓的喜爱。成名后的鲁班没有一点名人的架子，骑一头毛驴游走在乡村四野，随时为老百姓解决困难。

老百姓也把他当成贴心人，有不少的人家自愿将儿子送到鲁班这里学习手艺。鲁班教授徒弟非常尽心，众多的徒弟中有一个名叫赵巧的，其人如名心灵手巧，同样做一件器物，别的徒弟鲁班要教三四遍才能掌握要领，而赵巧一遍能会，二遍即熟练。

特别在细小的器皿雕刻上，赵巧雕的甚至比师傅雕的还精致，徒弟们纷纷夸他，不知不觉将赵巧推到了大徒弟的位置上。

鲁班心里也挺喜欢这个徒弟，可他总感觉赵巧做事太讨巧不扎实，如果能改掉坏毛病将来还真是位能超过自己的好匠人，因此鲁班抱定了“响鼓用重锤，快马用鞭催”的信念，在人前背后鲁班从未夸奖过赵巧一句。

即使有人当着鲁班与徒弟的面夸奖赵巧，看到赵巧一脸的得意，鲁班也会沉下脸，赶徒弟去干活。

可遇到一些特殊的工程，鲁班还总是将赵巧带在身边言传身教，徒弟们明白这是师傅在重点教授赵巧呢。

赵巧心里却不服气，认为自己早该出师单干了，便不时地在师傅面前显示自己的聪明。而鲁班对赵巧的所作所为却视而不见，还是一如既往的带着赵巧干活。

有一次，寺庙里新建了罗汉殿，住持来请鲁班前去雕刻佛像，鲁班看工作量不大，便只带赵巧去了。

到了寺庙后，师徒俩便开始了工作，几天过去眼看佛像没有几尊了，赵巧可憋不住了，提议剩下的几尊佛像要与师傅分开雕刻，比试一下手艺。

鲁班略略沉思便同意了，限定时间一昼夜，鸡叫结束比赛，谁雕刻的多，雕刻的精致谁为胜者。

整个白天，鲁班一直默默无语，而赵巧却精神亢奋，一会儿唱两

句，一会儿喊师傅，吃饭时殷勤地给师傅夹菜。

忙碌起来时间过得快，不知不觉夜深了，赵巧雕刻完手中佛像的最后一刀，数了数还差一尊。

他悄悄走到师傅背后，数了数，师傅全部佛像已雕完，正在给最后一尊像修饰衣纹。赵巧这下慌了，不用说输给师傅了。

可赵巧就是赵巧，仅呆愣了片刻，便匆忙跑出大殿。不一会儿，殿后便响起了鸡叫声，一声、二声……

附近的村庄也远远传来了鸡叫。

鲁班放下手中的工具，拍拍手上身上的木屑，转身喊："赵巧，休息去吧。"哪还有徒弟的影子，鲁班轻轻笑了一声走出大殿。

天亮了，赵巧与师傅走进大殿内，展眼一看，赵巧雕刻的佛像精巧细腻，可还差一尊，师傅鲁班的佛像全雕刻完了，雕工古朴浑厚、凛然大气，却全都没有脑袋，所有的佛像脑袋都散落在地上。

随后跟进来的住持呆住了，眼睛望向鲁班，分明是在问；"怎么回事？"鲁班平静地笑笑说："师徒比赛，我输了。"

转身看着赵巧说；"忙了这几天你也累了，歇歇吧，剩下的活不多了，我一个人干就行了。"赵巧红着脸转身走了。

住持看着鲁班，缓缓念道："教艺还要教做人，善哉，善哉。"

石碾的来历

两千多年前，生产和生活工具简单，人们的劳动量很重，男人大多从事户外劳作，还要应付国家的兵役、劳役。

繁重的家务便落在妇女的身上，仅全家人吃饭就够麻烦的，粮食从生到熟需付出很大精力，去皮、碾碎全靠着双手拿一柄木杵一下下在石臼里慢慢舂，一天下来也舂不了多少稻谷。人口多的人家，几乎天天要舂米，年轻人还有其他事情做，所以有时老年人不得不亲自来干这种看似简单却很繁重的舂米活。

有一年的夏天，这天天气很热，太阳已偏向西天了，还热浪袭人。

一位老婆婆嫌家里热，让儿子把舂米的石臼放在了村口大树下，她坐在树荫下舂米，心里畅快多了。

舂米的石碾

当她掏出舂完的米，又放入稻谷后，擦擦脸上的汗，从一只陶罐里倒了碗凉水，坐在露出的树根上慢慢喝着，这时村外的路上远远跑来一头毛驴，驴身上坐着人，这人的大草帽遮住了半个脸。

转眼间，毛驴跑到了大树前，那人跳下毛驴走到老婆婆跟前，一手摘下草帽，一手撩起衣襟擦汗，喊了声："婆婆，能给我碗水喝吗？"

老婆婆看着他满脸胡子有寸把长，年纪也得过五十了，便倒掉碗里的剩水，递过碗："罐里有，自己倒吧。这大热的天，去哪里啊？"

赶路人撒开毛驴让它自己去吃青草，搬起陶罐倒了水，蹲在老婆婆身边，边喝水边说："找活干，一家人要吃饭啊。"

两人这里你一句我一句唠起了家常，没成想毛驴顺路边啃了几口青草，受不住石臼里稻谷香气的诱惑，趁主人不注意将嘴巴伸进了石臼里，毛驴香甜的咀嚼声惊动了两人，赶路人呵斥一声："这找打的畜生。"

慌忙起身去赶驴，毛驴一惊，掉头就跑，谁想缰绳缠在了石臼上，毛驴又跑的急，带倒了石臼，石臼的稻谷洒了，毛驴拖着石臼从稻谷上轧了过去。

老婆婆急了："你是怎么赶的驴，糟蹋了我这么多稻谷，快去拦住这畜生。”谁知赶路人像没听见一样，没去撵驴反而走到洒在地上的稻谷前，蹲下身子翻看着稻谷，见有些稻谷的壳已裂开脱落。

他站起身喝住了毛驴，对婆婆说：“我会赔你稻谷的。你能不能给我找点木料，现在有急用。”

老婆婆听到他要赔稻谷，也不急了，赶忙去家里找来了木料。只见他从褡裢里拿出锛、刨、凿等木匠工具，忙活开了。

不一会，一个木架做好了，他将木架安放在石臼上，牵过了毛驴用缰绳套在木架前，在老婆婆的指引下搬过两块石板连在一起，将所有稻谷倒在石板上，赶起毛驴来回轧了起来，不一会儿就将老婆婆需春一天的稻谷轧完了，不仅稻壳脱的净，米粒破碎的还少，老婆婆喜的嘴都合不拢了，也不让赶路人赔稻谷了，非拉着他家去吃饭不可。

这位赶路人就是鲁班，他在老婆婆家住了两天，将石臼改成了石磙，作底座的石板改为圆的，用石块垫高，原来的木杵做了横棍，即使没有毛驴，人也可以用双手及腰的力量推动石磙了。

因为是在撵驴的时候悟出的工具，鲁班为工具起名“碾”。

最早舂米的石臼

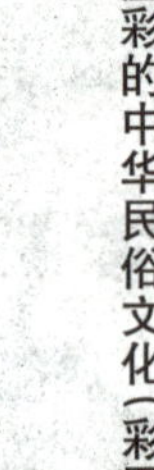

鲁班造木鸢

鲁班是敦煌人。他小时候，双手就很灵巧，会糊各种各样漂亮的风筝。长大后，跟父亲学了一手好木匠活，修桥盖楼，建寺造塔，非常拿手，在河西一带很有名气。

这一年，他成婚不久，就被凉州的一位高僧请去修造佛塔，两年后才完工。他人虽在凉州，但对家中父母放心不下，更想念新婚的妻子。

怎样既不误造塔又能回家呢？他在天空飞旋的禽鸟启发下，造出了一只精巧的木鸢，安上机关，骑上一试，果然飞行灵便。

于是，每天收工吃过晚饭，他就乘上木鸢，在机关上击打三下，不多时便飞回敦煌家中。妻子看到他回来，自然十分高兴，但怕惊动父母，他也没有言语，第二天大清早，又乘上木鸢飞回凉州。

这样，时间不长，妻子便怀孕了。

鲁班的父母早睡晚起，根本不知儿子回家之事。见儿媳有孕，还以为她行为不轨。婆婆一查问，媳妇便将丈夫乘木鸢每晚回家之事说明白，谁知，二老听了不信，晚上要亲自看个真假。

掌灯时分，鲁班果然骑着木鸢回到家中。二老疑虑顿散。老父亲高兴地说："儿呀，明天就别去凉州工地了，在家歇上一天，让我骑上木鸢，去开开眼界。"

第二天清早，老父亲骑上木鸢，儿子把怎样使用机关做了交待："若飞近处，将机关木楔少击几下；若飞远处，就多击几下。早去早回，别误了我明日做工。"

老父亲将交待记在心中，骑着木鸢上了天，心想飞到远处玩一趟吧。就把木楔击了十多下，只听耳边风响，吓得他紧闭双眼，抱紧木鸢任凭飞翔。

等到木鸢落地，睁眼一看，一家伙飞到了吴地。吴地的人见天上落下一个怪物，上骑白胡子老头，还以为是妖怪，围了上去，不由分说，乱棒把老头打死，乱刀把木鸢砍坏。

鲁班在家等了好多天，不见父亲返回。他怕出事，又赶做了一只木鸢，飞到各处寻找。找到吴地以后，一打听，才知父亲已经身亡。

他气愤不过，回到肃州雕了一个木头仙人，手指东南方。木仙人神通广大，手指吴地，大旱无雨，当年颗粒无收。

三年以后，吴地百姓从西来的商人口中得知，久旱无雨原是鲁班为父报仇使的法术。便带着厚礼来到肃州向鲁班赔罪，并讲了误杀他父亲的经过。

鲁班知道了真情后，对自己进行报复的做法深感内疚，立即将木仙人手臂砍断，吴地当即大降甘露，解除了旱灾。

之后，鲁班左思右想，认为造木鸢，使父亡；造木仙人，使天大旱，百姓苦，是干了两件蠢事。便将这两样东西扔进火里烧了。木鸢和木仙人便就此失传了。

起重的启示

鲁班是一个能工巧匠，他做的木鸟能飞上天，木狗会在地上跑。他虽然有一手好手艺，却还是孜孜不倦地虚心学习。

一次，鲁班承揽了一项工程，是个大亭，四根柱子顶着一个很讲究的顶盖。重量大无法起吊，安装不起来。愁得几天睡不着觉，吃不下饭。

有人建议说附近有一老者，年轻时候曾作过木匠，手艺很精，能不能请来指点指点。鲁班听了很高兴，就很虔诚看地去拜访老者，向老者说明来意后，老者欣然应允。

老者来到工地查看了一遍没发表什么意见。鲁班把老者请到上房先吃饭而后请教，为了表示尊敬，他以一条大鱼几样菜肴、一盆干饭相待。谁知老者对鱼、菜却一箸未动，把饭扣在桌上，把箸插在饭内，把鱼、菜肴摆在饭箸上边，不辞而别了。

鲁班的伙计及徒弟们一见老者不辞而别，都纷纷议论，说他也是一个无能之辈就去告诉了鲁班。鲁班到上房一看说。

“老者是一位艺术高超的建筑能手，他把建亭的办法已经告诉我们了。”伙计们都不解，鲁班指着桌上的饭菜说：老者分明指点我们先立柱，再培土，而后架亭的顶盖，钉牢后再将培土挖去不就成了吗？经老者这么一指点，鲁班敏捷地领悟了其中的原理，很快就将亭子建成了。直到现在，有些工程还应用这一原理。

鲁班成就了光岳楼

光岳楼是山东聊城的象征，是一座由宋元向明清过渡的代表建筑，是中国现存明代楼阁中最大的一座。

聊城关于这座楼阁的建造有很多传说，最流行的一个说法就是这座楼阁是鲁班设计建造的。传说当年陈镛下令建造一座楼的时候，工匠们老是拿不出方案，这时东昌府来了一位白发飘飘的老道，他左手拿着一把没柄的斧头，右手托着一座小楼的模型，这个小楼模型的高有九寸九。

一位老木匠看到后请求老道留下了小楼模型。然后他们照此模型扩大了 100 倍开始造楼。工程进行的很顺利，楼盖好了却遇到了一个新问题，原来楼上的木头老是活动，现加楔子既来不及，也不易楔好。

这时，老道又来了，他一声不吭地砍了一大堆木楔子，然后用手

光岳楼

一指，楔子全都飞上卯里，一个不多，一个不少，高楼马上稳固了。

老道又围楼转了三圈，木匠们也跟着转，转着转着就看出了门道，此楼还有点向西北倾斜，但见老道最后在西北角把他的锈斧头塞进楼基条石下，人们眯眼一瞧，楼身还真正过来了，木匠们知道遇到了神仙，赶忙跪地叩拜，等他们抬起头来，已不见老道身影，人们知道老道是神人，鲁班显圣了，于是，楼建成后，人们就把鲁班的像塑在了这里。

鱼鳔的传说

传说鲁班做木工活需要粘胶时，只用唾上些唾沫就可以把木头粘合在一起，粘合得又牢固又方便。

鲁班教了几个徒弟，他们却没有这个本领，其中只有一个勤快徒弟，做活吃苦在先，手艺也学得相当不错了，鲁班也很器重他。

鱼鳔

一日，工完休息，也给老师又打水，又递烟侍候得很周到，想讨师傅的喜欢，鲁班也喜欢他的殷勤。

徒弟见师傅高兴，就趁机问师傅说：“你的唾沫怎么能粘住木头，我的怎么不能呢？”鲁班说：“你想学吗？”答：“想学”。

鲁班让徒弟张开嘴顺势将一口唾沫吐在徒弟的口中说：“咽下去，以后你的唾沫就能粘住木头了，去吧。”

徒弟含了老师的唾沫直恶心，“怎能下咽呢！路过鱼池他把唾沫吐在了鱼池内，被鱼吃完了。

鱼鳔

结果他的唾沫还是粘不住木头。鲁班死后再没有人可以用唾沫粘木头了，因为鱼吃了鲁班的唾沫，人们才又在鱼肚内取出鱼鳔，作为连接木头的粘合剂。

鲁班爷显灵

传说宋代天禧年间，修建孔庙奎文阁，曲阜人叫书楼。泥瓦、木工工匠们在工地上忙碌非常。

一天，来了一个老头，工匠们觉得这个老头有点怪，他什么话也不说，找了一截木桩在上面左画右画，上画下画，木桩上让他画满了道道，谁也看不明白是什么意思。

工匠们怎么问他，这老头就是不说话。画完以后，老头就走了。

老头的怪异行为，让工头很生气，他朝那个画满了道道的木桩踢了一脚，奇迹发生了，哗啦一声，木桩裂开了，大家定睛一看，裂开的全都是木楔子。

工匠们惊呆了，这时突然有人醒悟过来，鲁班爷显灵了！工头连忙命人追赶，人们追到东城门外，只见老头出了城门，顺护城河向北一拐，一眨眼便不见了。

原来这里就是鲁班旧居。后来，匠人们在鲁班消失的地方建了鲁班庙。

鲁班画的那些木楔子，全部都用在了奎文阁的建筑上了，不多不少，正好。曲阜人鲁班还有一个版本说的是，奎文阁建成了，拆完架子，工匠们发现在最上层的一个飞檐上，多出了一截木头。

工匠们望着那多出的木头叹息不止，不知如何是好。鲁班从一个工匠手中拿过一把斧子，向上一抛，只见斧子一下子把那截木头砍了下来，分毫不差。

是（柿）木不开

鲁班在终南山拜师学艺三年，吃了千般苦，来把手艺成。

这三年，鲁班伐树、锯工、刨木、凿眼，样样精通。他还把师傅建造楼阁桥塔、制作椅凳箱柜的手艺样样学到家。

三年学徒期满时，师傅要试试徒儿的手艺，让鲁班把所有的模型全部拆毁，然后再制造出新的。鲁班用学到的手艺，一样样、一件件全部造了出来，全都精巧玲珑。

师傅边看边点头，他又给鲁班出难题，让他再造一些跟原来不一样的模型。鲁班不慌不忙，细心琢磨，造出了师傅要求的模型，师傅捋着长长的胡须，称赞鲁班聪明绝巧。

“徒儿，我的手艺你全都学到手了，”师傅说，“你该走了。”

鲁班有些恋恋不舍，但师傅说：“我一天也不多留你，你下山后，有很多事等着你做哩。”说着，师傅拿出一个墨斗，递给鲁班，师傅说：“为师没什么东西给你，这个墨斗带在身边用吧。”

鲁班看看墨斗，只觉得有些惭愧，自己还没有报答师傅，却受了师傅的礼物。

“你可别小看这个墨斗，”师傅说，“这是一件宝物，只要用它在木料上打好线，用脚一踢木料，木料立时就开了。”

鲁班听着，一下子瞪大了眼睛。

“你要记住一条，”师傅加重口气说，“一定要用终南山的泉水饮墨斗才行，你要是用别的地方的水，它就不神奇了。”

鲁班说：“徒儿记住了。”说罢，在师傅面前跪下，向师傅拜别。

鲁班下山后，高超的技艺使他扬名天下，那个神奇墨斗可帮了他的大忙，再大的工程，也耽误不了工期。

有一天，鲁班领着徒弟建造一座阁楼，正在给一块柿子木打线，墨斗干了，打不出线来了。

鲁班吩咐一个徒弟拿上墨斗，到终南山去饮墨斗，嘱咐他一定要用终南山的泉水才行。徒弟拿上墨斗上了路，从晌午走到天黑，从天黑走到天亮，累得他口干舌燥，饥肠辘辘。

他一屁股坐在一块石头上，他想这得走到什么时候才到终南山呀。他灵机一动，干么非得用那终南山的泉水，只要有水还不就行了。

徒弟决定就在附近找到泉水饮墨斗，他在四周围找了半天，也没找见一点泉水。

这里前不靠村，后不靠店，他觉得自己都快走不动了，他想只要能打出线来，还不就行了。神奇的是墨斗，不是泉水。

于是，他就往墨斗里撒了一泡尿，等到天亮，就回去了。

鲁班见徒弟端着墨斗回来了，问道："你用终南山的泉水饮得墨斗？"

"是终南山的泉水，师傅。"徒弟低着头说。

鲁班见他这么快就回来了，已经起了疑心，又问道："你在山的

终南山山泉

什么地方饮得墨斗？"

徒弟记得师傅讲过终南山的景物，一路上已经编好了词，于是把编的谎话说了一遍。

鲁班心想，是真是假，马上就知道了。他拿过墨斗开始在那块柿子木上打线，打完线以后，鲁班看了那个徒弟一眼，那徒弟不敢看老

古代建筑离不开鲁班这样的工匠

师，眼睛盯着柿木。

鲁班说："柿木开不开，一切都明白了。"

说完，抬起脚踢了一下木料，木料一动不动。鲁班知道完了，宝物失灵了。

那徒弟见那块木头像死了一样，一动不动，心里慌了，一脚一脚又一脚的踢个没完，鲁班大喝一声："别踢了，从此以后，是木不开了！"

没有良（量）心

鲁班的名声越来越大，四面八方都有人前来拜师学艺。鲁班的徒弟学成一批走一批，手艺学成后，都到外面自己挑头修桥建房去了。

鲁班始终没有在身边留下一个徒弟做帮手，有一阵子，鲁班手里的活很多，自己忙不过来。

一个叫王恩的徒弟乖巧伶俐，鲁班很喜欢他，就有意把他留在身边。

可是王恩见师兄弟们一个个都离开师傅闯世界去了，他也想独挡一面出外挣钱。

王恩觉得跟随师傅几年，该学的都学会了，天天在师傅家帮忙，心里很烦闷。

一天，鲁班和王恩一起拉锯解木头，王恩就对师傅说："师傅，我想自己出去干。该学的师傅都教给我了，师兄弟们都独挡一面，我也想出去显显自己的本事。整天在这里尽干些粗活，也没什么意思了。"

鲁班听他把话说到这个份上，留住人留不住心了，就说："要是你觉得自己样样都通了，那就自己去干吧。"

王恩走后，鲁班没个帮手，拉锯解木头这样的活就没法干，木头解不开，下边的细活也没法干。

鲁班就琢磨着给自己找个帮手，他想徒弟迟早都要走，不如造个木人来帮着干活。木人很快造出来，木人干起活来，又稳又快，鲁班很高兴，鲁班把它放在一间屋子里，自己就脱出身来干别的活。

王恩到了外面，干了不少活，样样不顺心，一遇到困难就傻眼了。

这时候，他才知道自己并没有把师傅的手艺学到手。王恩后悔自己没有听师傅的话，于是硬着头皮来找鲁班。王恩来到鲁班家，听见有拉锯的声音，他想："师傅又收新徒弟了？"

他边想边朝有拉锯声音的屋子走过去。他站在门口，只听见拉锯的"唰唰"声响，听不到人的声音，觉得奇怪，于是叫道"师傅！师傅！"没有人回答。

王恩推开门一看，惊呆了，原来是两个木头人在那里一来一往的拉锯。这可是师傅从来没有教过的绝技呀！

王恩心想，原来师傅并没有把真本事都教给我呀，我要是把造木人的绝技学到手，走到哪里都能吃的开。

于是王恩趁师傅不在，偷偷地量好了各种尺寸，心里像十五个吊桶打水，七上八下，又兴奋，又紧张。回到家后，王恩就按照偷量的尺寸干起来了，干了三天三夜，王恩造出了木人，他怎么看都和师傅的一模一样，一点也不比师傅的木人差，心里甭提有多高兴了。

可是王恩装上木料一试，木人就是一块木头，一动不动。他翻来覆去的研究了三天，还是不管用。

没办法，王恩只好去找鲁班。他把自己偷学做木人的事一五一十的告诉师傅，鲁班没有立即责怪他。

王恩问师傅："为什么我比着师傅的木人做的，木人会不动呢？"

鲁班问他："你量得尺寸可对吗？"

王恩说："都对。我量得很仔细。"

鲁班问："量头了吗？"

"量了。"

"量胳膊了吗？"

"量了。"

"量腿了吗？"

"量了。"

鲁班扭头看着王恩，王恩紧张的手都出汗了，鲁班突然问道："你量心了吗？"

王恩接着回答："没有……我没有量心。"

后来，这个故事流传开了，王恩演义成"忘恩"，没有量心，就成了"没有良心"。

巧在机关

鲁班的徒弟很多，他们虽然个个是能工巧匠，但性格各异，有的沉默寡言，潜心钻研技艺，有的眼明手快，心眼儿活，遇事善于变通，也有些发明创造。

有一个叫赵巧的徒弟，就属于后一类。他人如其名，心灵手巧，无论什么事，只要他一经眼，一学就会。

毛驴拉磨示意图

赵巧在师兄弟中以聪慧敏捷出名，有时候，鲁班做一件东西，他一看就能模仿出来，鲁班见他这般聪明，常常忍不住夸赞他有能耐，时间一长，鲁班发现赵巧有些太聪明了，为什么呢？因为，有的时候，鲁班还没把事情说完，他就自以为是地做起来，结果适得其反。这时，鲁班就告诫他："赵巧啊，你不要太骄傲，要学得东西还多着呢？做人做事不能浮躁，要扎扎实实。"

越巧嘴里应承师傅"知道了，师傅"心里却并不以为然。

一天，鲁班家的毛驴病了，这头毛驴可是鲁班家的功臣，鲁班全家以及他的一帮徒弟每天吃饭，都是靠它拉磨磨面，它对鲁班的事业贡献可大了。

平时大家没觉得怎么样，毛驴一病，它的重要性就显出来了。

鲁班吩咐徒弟们先去工地干活，他在家里琢磨起来，他要造一头木驴代替毛驴拉磨。

木驴造好了，拉起磨来步子均匀、有力，就像真的一样。徒弟们对师傅手艺交口称赞，他们找不出更好的词语，只是看着拉磨的木驴，连声说道："真是神了！真是神了！"众徒弟眼睛里尽是惊奇和赞叹，只有一个人除了惊奇和赞叹，他的眼睛里还有探究的神情，这就是赵巧。他沉默不语，紧紧盯着木驴的一举一动，他在揣摩着木驴的结构，他一边看，一边在心里记着。他想，这木驴的结构并不复杂，师傅能做出来，我也能做出来！

第二天，赵巧趁师傅不在家，偷偷跑来量了木驴头、身子、腿的尺寸。然后回家自己制作木驴，赵巧的模仿能力很强，没几天，就造出了和鲁班的木驴一模一样的木驴，可是，鲁班的木驴是活的，能拉磨干活。

而赵巧的木驴是死的，外观跟师傅的一样，甚至比师傅的还光滑好看，但就是不能动。赵巧这下傻眼了，他绞尽脑汁，想了又想，还是找不出毛病在哪里。

木楔子

于是，他又到鲁班家偷偷丈量了一遍尺寸，各个部位的尺寸完全一样，可木驴怎么就是一动不动呢？想去问师傅，可是自己偷着学艺毕竟不是光彩的事，他怎么好意思张开口呢。

正在这时，鲁班来了，鲁班已经从别的徒弟那里听说赵巧偷做木驴的事，他知道赵巧这个徒弟就像他的名字一样，聪明灵巧，赵巧偷偷学艺的事，鲁班并不生气，他只是来看看木驴是不是造好了。

赵巧见师傅来了，不免有些心虚慌乱，可是木驴就摆在那里，藏着掖着是不可能的，只好听凭师傅发落了。鲁班问道："你的木驴造好了吗？"

机灵的赵巧没有道出真情，而是说还差一点就活了。说着话他仔细观鲁班的神色，鲁班一眼就看出木驴两只耳朵中间的木楔子还没装上，木楔子连着里边的一个机关，所以，这木驴还是“死”的，不能动弹。

赵巧见师傅的目光停在驴耳朵中间的孔子，马上意识到问题出在那里。鲁班造的木驴干活的时候，耳朵中就插上一个木楔子，木驴就活了，好像一把钥匙，把木楔子拔下来，木驴就停下来了。

原来，赵巧背着师傅偷偷的研究木驴的时候，木驴干完活，正闲着，耳朵中间的木楔子拔下来了，所以，赵巧就没造这个楔子。

赵巧连忙拿起斧子，砍了一个楔子，说：“师傅，就差这个木楔子了！”鲁班心里跟明镜似的，早已看穿了赵巧的鬼把戏，脸上淡淡地笑了一笑。没有揭穿他，但又在心里暗暗地说，这小子果然机灵！

赵巧砍好楔子，往木驴头上一插，木驴还是一动不动，赵巧傻眼了。鲁班说：“赵巧啊赵巧，做事情不能光有表面，木楔子跟里头的一个机关连着呢！光有楔子，里头没有机关，这头驴还是死驴。”赵巧低下头，满眼通红，说到：“原来是这样呀。”

鲁班笑笑说，巧在机关。

迷你知识卡

墨 斗

中国传统木工行业中极为常见工具。

1.做长直线，在泥、石、瓦等行业中也是不可缺少的；方法是将濡墨后的墨线一端固定，拉出墨线牵直拉紧在需要的位置，再提起中段弹下即可。

2.墨仓蓄墨，配合墨签和拐尺用以画短直线或者做记号。

3.画竖直线，当铅锤使用。

第四章 鲁班的发明使土木工艺出现了崭新的面貌

鲁班找设计师

相传孔庙大成殿前的书楼遭雷击后，化为灰烬。那书楼三层飞檐，全是木榫扣合，十分复杂，有一处卯榫不合，整个建筑就会出现偏差，少一个不行，多一个也不行。所以，必须得有一个有文化、会画图纸的高明匠师领工才行。

官府里的官员找来找去，只找到一帮工匠，而这个高明的匠师始终没有找到。没有图纸、书楼没法开工。

鲁班爷得知此事后，一天他来到曲阜城东的一个穷秀才家。这个秀才姓王，是木匠出身，他自幼勤奋好学，考取了秀才，但没有进入仕途，所以心灰意懒，丢了木匠的老本行，日子过得穷困潦倒。

这天，王秀才出门了，他媳妇见一个银须白发的老者来到家里，便给他倒了一碗开水，请老者喝。

鲁班爷看看王秀才家徒四壁，穷的连屋门都没有。他见院子里有一堆碎木楂，便说："我给你做个门吧。"

秀才的媳妇说："老人家，俺连块像样的木板都没有，拿什么做门呀？"

鲁班爷指指院子里的碎木楂说："有这就行了。"

秀才的媳妇觉得这个老头奇怪，说道：“这些木楂如何能做门，你老人家别糊弄俺了。”

鲁班爷不再说话，起身来到院子里，朝那堆碎木楂吐了几口唾沫，用一根木棍一搅，木楂就粘一起了，一会儿工夫，一堆碎木楂就拼成了一块木板，因为老者就是鲁班，他的唾沫就是膘。

秀才的媳妇看得目瞪口呆。鲁班爷不声不响地把木板刨平，做成一个漂亮的门板，安好门后，他就在门上画起图来，然后，指着门上的图，对发呆的秀才媳妇说：“等王秀才回来，让他到书楼工地上去，这就是建书楼的图。”

晚上王秀才回来，进了村子转了几圈找不到自己的家了。因为，他原来没有屋门，安上门后，他不敢相信这是自己的家了。

他站在屋外喊自己媳妇的名字，媳妇应声打开门。

秀才惊异地问媳妇，这门是谁给安上的？媳妇一五一十地把老者的所作所为告诉秀才，秀才急忙点了灯看那门和门上的图，图画得细致、清楚。

秀才想这是鲁班爷显灵了，连忙点上香，朝鲁班做的门敬拜。后来，这个秀才就成了重建书楼的领工。

金口坝的传说

很久很久以前，泗河从泉林到南汪，大水滔滔，波浪翻滚，河面宽阔。不像现在河水瘦得像一根鸡肠子。可是这么大的水，河面上却

气势宏伟的古代建筑

没有一座桥。

每年都有朝中官员前来曲阜祭祀少昊和周公，到泗河岸边，官员们都要下车，乘船摆渡到对岸，再乘车前往曲阜城，极不方便。

于是，朝廷下令要在泗河、沂河交汇处的河面上修建一座桥梁，一方面疏浚河水，一方面方便交通，限期二年完工。

奉命造桥的官员，招兵买马，各路工匠都到建桥处汇集，一时间泗河两岸人员鼎沸，运石料的、挖桩基的、打磨石料的，个个汗流浃背。工地上的工匠都是中青年人，个个身强力壮。

一天，在这群强壮的身影中出现了一个须发斑白的老者，他在那

建桥主要为了方便交通

些叮叮当当按照规定尺寸打凿石料的工匠中边走边看，工匠们都忙着干活，没人理会这个老态龙钟的老头。

他发现了一块石头，量了量尺寸，又抬头目测大桥的宽度，看看工匠们打凿好的一块块石料，闭上双目略一思索，一会儿脸上现出一丝微笑。

这老头蹲下来，拿出随身携带的工具，在那块石头上打凿起来。

监工的官员看见他，见他白须白发，衣衫单薄，本想赶他走，后来一想，这老者肯定是家境贫困，这么大年纪，才跑到工地上来，磨磨蹭蹭干点活，为混碗饭吃。

那官员发了善心，工地上这么多人，也不缺他这一口，让他在这里慢慢地干吧。于是，他朝老头笑了笑，便走了。

工匠们看见老头，心里涌起了一阵阵无奈的叹息，觉得老人可怜、可叹，为了混碗饭吃，这么大年纪了，还要跑到工地上来干活。晚景凄凉呀！

老头把石料打凿的平整光滑，工地上的石匠个个年轻力壮，叮叮当当地打凿着石料，谁也不在意老头打凿的石料，老头又打了一块石料，打磨平整后，又在上面用钻子凿出一个小碗。

每到吃饭时，就有两个流浪的孩子，偎在他身边，老人打来饭菜，便倒入石碗中，两个孩子趴在石碗上又吃又喝，吃饱喝足，便跑的不见了踪影，老头从来不嫌脏，他把剩下的饭菜吃完，也就饱了。

上面工期定的死，监工官员催得紧，挖出溢洪道分流河水，清淤下桩，工匠们夜以继日，第二年端午节前，工程进入高潮，也到了尾声。

因为端阳一到，雨季也就要来了。工地上忙得热火朝天，大桥必须在汛期到来之前合拢，否则前功尽弃。工匠们紧赶慢赶，还是赶在了五月十三这一天，古语说，五月十三下雨天。这天下午，骤然间阴云密布，乌云翻滚，天边隐雷阵阵，就像野兽在低声吼叫。

大桥就要合拢了，就在这万分紧急之时，偏偏没有找到最后那块合适的拢口石，事先预备好的合拢石没有一块合适的，总监官急得团团转，工匠们也都傻了眼，邪门呀！都是按设计打的石料，怎么就出了错呢？天边的雷声越来越响了，乌云越来越浓，云头越来越低，东北风吹来一阵阵的潮湿的气息，谁都知道，大雨说来就来了！

这时，突然一个工匠说："那个瘦老头二年就打了两块石料，拉来试试，看看合适不？"

总监官急得大叫："他就是来混饭吃的，我看他可怜才没撵他走，他打的石料也能用？"

工匠又说："这雨说话就下了，现打石料来不及了，拉来试试吧！"

总监官无奈地摆了手说："那就赶快！"

工匠们急忙跑去，只见老头用手轻轻拍着面前的石头，眼望着就要合拢的大桥。匆匆跑来的工匠说：“唉，你这块石料能当拢口石么！”

老头点点头，捋捋白胡子说，兴许合适。

工匠吆喝一声抬起石料飞跑而去。把石料往拢口一放，不大不小，正合适。原本喧嚷沸腾的工地，一下子静寂下来，众工匠被这神奇的一幕惊呆了，片刻之后，众人发出了欢呼声。总监官激动的张着大嘴，好像置身梦中。

这太神奇了！那老头是何许人也？真是神机妙算，他早就算出了石料的误差，莫非他就是名扬九州的鲁班爷？一定是他！总监官连忙带人去找鲁班，此时一声雷鸣，大雨倾盆而下，茫茫雨雾中早已没有了老者的身影。

总监官猛然想鲁班还有一块凿了一个小碗的石头，没有用上，鲁班爷两年只打造了两块石料，一块做了拢口石，另一块也必定有用。

他不顾大雨如注，转身跑到桥上，只见那块石料横放在桥边上，那个石碗积满了雨水，有一半已经悬在空中，眼看就要掉下桥去。

总监官百思不得其解，这块石头有何用途？他还没找到答案，只见那石头晃了晃，掉下河去，眨眼间石头被河水冲进了涵洞。只见河面上水天一色，波浪翻滚，总监官长叹一声：“鲁班爷，下官错过你了！”

雨过天晴，总监官在工棚里设宴犒劳建桥工匠，工匠们酒酣耳热之际，啧啧赞叹大桥合拢时的神奇。又都连连叹息，鲁班爷就在自己身边竟然浑然不知，真是有眼不识泰山。

此时，鲁班已在路上，他身旁一边一个孩子。他对那个大孩子说：“咱们马上就要分手了，也许从此不能相见。我给你们打凿的那个石碗，现在就在桥下中间的

石椽

石椽是由石匠一刀一斧打制出来的

涵洞里，那个石碗是个澄金碗，泥沙中裹挟的黄金会沉淀在碗里，你只有每年的除夕之夜的子时，才能来收取碗中的金子，其他时间万万不行。取了金子，你置些田地，做点生意，那时你就富甲一方了。但你要勤勉做人，要有慈悲之心，对穷苦人要多多施舍才好。

孩子惊奇地问道："如何施舍呢？"

鲁班捋捋胡须，说道："你在每年的腊月一到，就来兖州，买些衣服、被子和吃食，到腊月初八，就烧些粥，放在大坝上，过往的穷人冷的穿件衣服，饿了喝碗粥。如果天下的富裕人家都能这样做，穷苦人就会少受些罪。"

两个孩子认真地点点头，鲁班摸摸他们蓬乱的头发，说："一定记住我的话，要有慈悲之心，不可贪婪。贪婪之心一起，澄金碗就失灵了。"说罢，鲁班转身走了。

两个孩子按照鲁班的吩咐，每年腊八，在坝上搭设粥棚，施舍衣物，后来腊八喝粥就成了风俗。

除夕子夜，到涵洞中在澄金碗中取出金子，他们后来去了江南置地造屋，成了当地的富裕人家，但他们不敢忘记鲁班的吩咐，常常施舍财物给穷人。

石器

许多年后，他们年纪大了，不想再得到这轻易获得的金子，就想把这方法传给一个合适的人。他们年年来兖州，都住在同一家小客店里，客店虽小，但店老板勤恳热情，对他们总是殷勤招待，对过路的穷人，也常常施舍一些吃食、茶水。

他们觉得小老板是个可靠之人，决定把这个秘密传给客店老板。千叮咛万嘱咐，要老板按照鲁班的吩咐办，老板得到这个秘密万分高兴，连称一定照办。

此后，小老板连续三年按照鲁班的要求去做，每年得到一些金子，过起了锦衣玉食的日子。

渐渐地他的贪欲越来越无法满足，他想：要是把澄金碗加大数倍，岂不得到的黄金就翻了数倍。于是，他偷偷下到涵洞中，把两个澄金碗用钻子向外扩大了十倍。他想每年可得十倍以上的金子，几年下来，自己就可以富甲天下。这想法使他如热锅中的蚂蚁，夜夜不能入睡。腊八到了，他也没心思熬粥施舍穷人了。

好不容易到了除夕夜，他带了一个大袋子，准备去装成堆的金子。他潜到水下，在涵洞里摸到了那两个巨大的石碗，摸来摸去，摸了半天，除了泥沙，还是泥沙。

小老板悔悟了，贪婪之心毁了他的美事，可是悔之晚矣。这时，他觉得河水彻骨的寒冷，从未有过的寒冷，深入到他的骨髓里去了。

这正应了鲁班的话，贪婪心一起，澄金碗就失灵了。

土拥脖与鲁班

在早的时候，有一句顺口溜：“景州的狮子，扬州的塔，东阿县的铁菩萨。”传说铁菩萨的手掌上能睡两个人，耳朵眼能钻进人去，你看这个菩萨有多大！

菩萨是生铁浇铸的。这么大的铁菩萨前古未有，轰动一时，人们都来观看铁菩萨的浇铸过程。

铁菩萨越铸越高，架子也越搭越高，等到菩萨的身子快铸到肩膀头的时候，融化的铁水端上去就凉了，凉了端下来再化，又端上去又凉了。

这下子工程进行不下去了，这可难坏了一班子工匠。

工头愁得围着菩萨的半成品转来转去，几天也想不出个好办法。这天夜里他做了一个梦，梦里听见一个老头说：“土拥脖、土拥脖……”

第二天，他在工地上转来转去，这句话老是在他耳边回响：土拥脖、土拥脖！突然间工头恍然大悟，这是祖师鲁班教给他的办法。

菩萨雕像

他像从睡梦中一下子唤醒过来，一边跑，一边招呼跟他干活的工匠，拿铣、拿镢、推车子去运土，工匠们都莫名其妙，怎么铁匠活改成运土方了。工头命令他们不必多问，只管照他说的做。

运来的土围着铁菩萨越堆越高，越堆越高，堆到了菩萨像的肩膀处，土堆和菩萨的肩膀头齐平了。

然后，工头命令工匠们在土堆上支锅、生火、化铁，众人突然明白过来。纷纷问工头这个办法是怎么想出来的，他说是夜里祖师鲁班托梦给他的。

鲁班移塔

兴隆塔造型独具，高耸入云，素有："玉钻钻天"的美誉，其名贯九州。它是曲阜近邻兖州文明昌盛的象征。

历经千年的风雨沧桑，中原几度的逐鹿烽火，自然界的风驳雨蚀，当年的娇丽而随之远渺。

塔身中部裂缝丈余，伤痕斑斑，并向一面倾斜望之让人有些害怕，担心它哪一天就会倒塌。当时兖州知府也常为这事烦恼，心忧忡忡。可是如何修复宝塔，没有什么办法，知府大人只好望塔兴叹。

兴隆塔遗址

一天，知府正在城东散步，仰观塔顶，见白云缭绕，檐雀争鸣，心中有些惭愧：我身为兖州知府，宝塔如此剥落，使我好不体面。修不好宝塔，怎见当地父老！

他绕着宝塔转来转去，双手抚摸高塔暗暗思忖，要尽快想办法，将宝塔修葺一新。这时远远见一老者，手执曲尺，缓步而至，望着高塔口中念念有辞。

只听得他说道："兴隆、兴隆，腹裂腰弓，余愿修补，并能移动。"知府大人上下打量了老者一番，正想上前搭话，老汉身影即逝，什么都没有了。

知府大人觉得有些奇怪，望望四周，一个人影也没有，他自言自语道真是奇怪、奇怪。几天时间知府耳边总是回响那个老者的话：兴隆、兴隆，腹裂腰弓，余愿修补，并能移动。翻来覆去想了很久，觉得不可能有这样的事，一定是自己这些天老想着这事，出了幻觉。算啦，不再考虑那些平白无故的事了。

又过了不久，一天，有个白胡须的老头，非常清秀，道貌岸然，手中提着许多缰绳，挨家挨户询问：能不能借牛拉东西用。

主人见是位很忠诚的老人，都说行，借给你用，问他拉什么用，他总是吞吞吐吐回答说："拉他（塔）呢，今天不用，待天再说，预先问下。"

就这样连续了七天，天天如此。

到第八天时，从外地来了个锯锅修理家什的老头，挑着一套工具，走街串巷，并挂着张醒目的招牌，写着："鲁殳舟"三个大字，嘴里高声吆喝着修理大家什，也有许多人拿来破旧的盆盆罐罐，让他锯锯修修，他总是推脱嫌小，专锯大家什，小的不值得动手，别人看他年迈了，不愿干算啦，就再拿回去。他天天如此，什么活也没干。

到第四天，他又转到兖州知府门前，放下挑子，高声吆喝了几声。知府大人听得清楚，就拿着昨天不慎打坏的玉杯去锯上。

来到面前，见是一位很慈祥的老者，并看看他的招牌，姓鲁名殳舟，觉得很有意思。知府拿出玉杯让他锯上，他又说这玉杯太小，不值得修，我是专修大家什的。

知府见他年迈，没作责备，就不耐烦的向东北一指：那个兴隆塔大，你就去修兴隆塔吧！话将落台，转眼间，锯家什的老头已无影无踪了。知府大人很是疑惑，背着手细细的琢磨着回衙去了。

没过几天，凡喂牛的人家都反映早上起来，见自己家的牛浑身大汗淋淋，夜里并没人用牛干活，不知是何故？一传十，十传百，都是这个情况，觉得奇怪。

又有人说兴隆塔一夜之间向南移动了半里，塔中间的那道大缝也用巨大的铁扒锯给锯严了，整个塔身也挺直了，而且没有一点倾斜。

一时奇闻漫天，知道的人们都纷纷前来观看真伪，赞声不绝，成了天下的奇闻美谈。兖州知府为此事沉思了许久许久，最终他明白了：鲁殳舟先生呀，舟和殳合在一起不就是一个般吗！鲁国圣人，巧圣先师。

鲁班凿井

很久以前，在曲阜周公庙的东北角，向北约二百米处的斜坡上，有个洼坑，俗称“八角琉璃井”，它就是最早的鲁班井，也称“凿井”。

“凿井”遗址

当年鲁班家住盛果寺，而在村庄的东南方向，鲁班家后面，有鲁班的田地一块，只因此处地势不平，多数地块向北倾斜，不便浇灌，而在附近方圆数百米内都没有一眼井，取水非常困难。

鲁班出外干活都要路过这里，有年盛夏，天气非常炎热，满坡庄稼因天旱久不落雨，都开始枯萎了。

一天，鲁班又从这里经过，走得累了，就把工具放在地头的树下，在树荫下歇一歇。鲁班望着那片即将旱死的禾苗，心里很不是滋味，再抬头望望没有一丝云片的万里长空，心想如果再这样旱下去，收成无望，老百姓的日子怎么过呀。鲁班想到这里着急起来，得想个办法挖一口井，有了井，这块地以后就不愁浇不上水了。

想到这里，鲁班看着没精打采的庄稼，在树下坐不住了，他起身在周围寻找一个便于挖井的地方。

他选中了一处比较平坦的地方，就想立即干起来。可是他没有挖井的工具，但鲁班这时急得一刻也不能停下来，就用自己所带的木工用具，用大锛刨，再用大铲挖。

也真是神奇，做木工活的锛和铲，挖起土来竟然没有坏。就这样刨呀挖呀，从中午一气干到黄昏，已经挖得很深很深了。

这时忽然遇到了岩层，再也挖不动了，鲁班上来蹲在皎洁的月光下，又默默寻思着办法。他捡点所有的工具，看看哪件能为下步工作出力。

他拿起锤头，又拿起一把大凿，大凿在月光下闪着锋利的光，鲁班心想这凿子也许会穿透岩层，只要穿透岩层清泉必至。

于是，鲁班又下到井下，开始了紧张的工作。他想围绕井底边沿，凿个圆圈，叮叮当当的敲击声在静静的黑夜里十分清脆。直到东方欲晓，报晓的鸡鸣声此起彼落，这一圈就要全部凿穿了，鲁班都能听见岩石下泉水的声音了，石缝里也往上渗出水来。

只听得咕咚一声，那块石块被凿穿了，这时清泉如注，水花四溅，鲁班急忙爬上井口，只见泉水涌出井口，又流向四处田地中。久旱的禾苗得水后顿然葱绿，一下子都来了精神。

人们听说鲁班在这无井之地凿了一口井，远亲近邻都纷纷前来观看，成了一段奇闻。

据说此井的源头在东海，因为人们时常在泉水中发现有鱼、虾和海贝，每当夏季，若东风劲吹连续数日，此井的泉水就更加旺盛，并带有阵阵的海腥味。

有人问起鲁班挖掘（凿）此井的过程时，鲁班总是高兴的拿起那把凿来对别人讲，这么好的井，多亏了我这把神奇的凿，它发了威力，把那么大一块石头凿穿了，才得到如此好的水源。

由于日久天长，大自然的变化，此井水量逐渐减少，那时每到严寒的冬天，由于水多外流结冰层层，又突出地面，在阳兴的照射下，晶莹剔透，灼灼闪光，又称“八宝琉璃井”。后历经风雨沧桑和人为的破坏，此井就慢慢的干涸了，变成了一方洼坑。

枯草落叶，附近的许多碎砖烂瓦，都习惯的堆积于此，年复一年，都把许许多多的瓦砾运到这里来，堆呀填呀，说来非常神奇，千百年来原貌如故，不知多少的瓦砾堆积，但始终没有将此坑填平。

据说直到日本鬼子入侵中国之后，他们听说周公庙附近埋有宝藏，于是在附近探测挖掘，将此坑破坏，至今面貌全非，荡然无存。

鲁班桩

在很久很久之前，曲阜城北泗河书院河口有世人罕见的桥桩。这就是最早的鲁班桥桩。说来奇怪：此桩很少露面。相传每隔六十年将会出现一次，在河口的偏东许，其方向为西北东南。桥桩色如铁，坚如钢。高出地面约一米左右，由于千百年来的洪峰撞击，一半桥桩已经毁坏了，剩下来的桥桩稀稀零零的排列于沙滩与急流中。犹如神枪仙剑，在那茫茫的沙滩中阅历着古老泗河的沧桑变迁。

相传鲁班青年时代，有事前往齐国，路经书院河口，当时河上没有桥，只能在水浅处□水过河。时值初秋，河水已十分寒冷。

鲁班正要过河，急听见不远处传来一阵哭诉的声音。鲁班驻足倾听，并循声找去，见一老妪卧于荒沙野草间痛哭流涕。鲁班探问，方知一个时辰以前，她的老伴在此渡河，因年迈体弱，不慎被大水冲倒漂流而去，连尸首也找不到了，只有在这里痛哭了。

鲁班听罢，望望宽阔浩淼的河水，咆哮着滚滚远去，也万般无奈，只有对天长叹了几声，再看看泣不成声的老妇，极其可怜，不禁感慨万千。

鲁班将老妇慢慢搀起，并用许多安慰的话将她劝走，自己站在河岸上面对河水心里暗暗发誓，人三十而立，我鲁班也应立志济民，我要在此建一座木桥，方便来往的客商和百姓。

鲁班回家后，把想在泗河建桥一事详细的讲给大哥二哥与小妹听了，大家都一致同意，他们的徒弟都愿积极参与建桥的善举，就这样一传十，十传百，亲戚朋友都愿解囊相助。

正在此时邻邦燕国为治理黄淮洪患，加强堤防，将会砍伐部分淮柳，这种柳树质地坚韧，不容易腐烂，最宜于水中。淮北濉溪淮柳最多。

用来泊船的堤岸

鲁班就用两艘大船从水上运来大量淮柳，相传都是三抱粗的原木铁柳。不加修筛，桩顶紧扣铜箍。

下桩分两排，每边一百五十根，两行总计三百根桩，最后余下两根柳桩，分别埋在南北两岸的大堤边沿，以作渔船停泊处。

后来这两截柳桩都发出了新芽，时间久了柳荫匝地。

桥板也是从安徽濉溪一带青龙山砍伐千年古桧，这种木材有韧性，是桥板的最佳选料，也是用船运来的，将此木分解成较厚的板片，再用松香油反复浸泡，数十日后，用钢钉木楔之类的耐腐朽的东西连接扣紧，固定在桥桩上非常平稳牢固。

据说此桥遇洪水大时可浮高，从此泗河书院板桥名扬天下，由于桩顶加了道铜箍，后人又说泗河的坚固，是铁底，铜桩，就来于此。

到隋朝末年由于战乱，泗河桥毁于战火。

桥板被烧光了，唯独桥桩，依然伫立水中。当时北岸的那棵大柳树由于南风猛烈火势蔓延，这棵树也一同溶于火海中，桥板由于喝饱了松香，大火中松油滴入水中，历经千年的水淘沙炼，在很深的沙层中，慢慢形成了玻珀般的化石，这就是泗河宝石的由来。

清代康熙多次南巡，经过此处，地方官要为康熙修建一座桥梁，以便利皇上通行。于是就借这些古桥桩，在上面铺设桥板，所以，后来又把这些桥桩讹传成康熙桥桩了。

就这样随着世道的变迁，时间的推移，泗河书院桥桩当年那段神

桥桩是桥的支撑

秘的色彩随之淡漠了。但书院当地的老者当年还亲眼目睹过鲁班桩的存在。

传说解放初期鲁班桩曾从水里出现过一次，后来再也没人看到了，但南岸的那棵大柳树，历经几次劫波还依然傲立在岸边，每当春风吹拂之时，便吐露嫩芽，芽球时分，则青翠欲流，浓荫如盖。

当年来往从书院渡河的人们，还时常于树下乘凉休息，它是几千年前鲁班桥的历史见证，后来不知毁于何时，悠悠千古，书院泗河的鲁班桩再也没露面，就成了历史传说。

独乐寺的传说

蓟县城内的独乐寺，当观音阁梁架支好，正要钉椽，来了一位白发老者："我也是木匠，出门断了盘缠，请赏口饭。"

工匠们便让一起用餐。老者夹着菜，尝尝："盐短"。有人给捏撮盐，老者再尝，还说"盐短"。

临走，抬眼一扫观音阁，摇头，边走边念"盐短"。

监修尉迟敬德一听，猛然醒悟，鲁班爷点化我等，椽头出檐太短了！果然，待椽放长一尺，大阁顿时出檐深远，高挑如飞，成为中国建筑史上的杰作。

几乎每一处地方，都会有关于鲁班的传说，且大同小异。

在中国久远的历史中，鲁班已是众多能工巧匠的代表，劳动人民聪明才智的化身。蓟县鲁班庙的大殿，重塑了鲁班坐像，面貌和善，身着布衣，并塑木、瓦匠两弟子像，莫非嫌殿堂空阔？又新塑两尊书童与石匠，石匠尚可列于一侧，书童未免不大相及了。

记得香港农历六月十六为"鲁班节"，这天全港建筑工人放假，白天去青莲台鲁班庙参拜祭祀，夜晚摆筵畅饮。

他们认为饮了祖师诞辰酒，可保一年平安，且技艺更精。北方似乎没有"鲁班节"，起码在蓟县鲁班庙内，没有听说。

蓟县鲁班庙的传说

当时正建惠陵，即同治皇帝陵寝。工程浩大，时间紧迫。相传步延正承揽木工，眼见一年过去了，进展缓慢，如不按时完工，会有杀头之祸。

他心里焦急，端阳节来到鲁班庙，焚香祷告，祈求祖师爷指点。

夜里，步延正梦见一老者坐跟前，说"善其事，利其器，先搭窝，后上座。"

醒来回顾梦中情景，恍然大悟：祖师爷显圣了！他依梦所示，先搭陵架，造好，再运往陵地，终于没误工期。

或许日有所思，夜有所梦吧，而虔诚的步延正感恩师祖，重修庙堂，所用铁糙木，为修陵所剩余，鲁班也沾帝王光了。

修建中，不管木作抑或瓦作，一丝不苟，可谓工精料实。谁敢在祖师爷跟前偷懒耍滑？匆匆百年过去，殿宇墙垣，终经不起岁月沧桑，早颓败不堪。

20 世纪 80 年代，著名古建专家罗哲文先生考察鲁班庙，面对丛生杂草，断壁残垣，略一沉思，对陪同者道：你们的市长当年被誉为“青年鲁班”，你们这里又有鲁班庙，为什么不请“青年鲁班”修一下鲁班庙呢？

罗公机智，一句巧言促成保护了一座濒临倒塌的古建，可算得文物界一段佳话。

看鲁班庙，尽管大殿为九脊歇山顶，且饰以绿琉璃瓦，也不过面阔三间，绝没有佛家寺院中又是天王殿四大天王守护，又是大雄宝殿供奉佛祖那般宏伟气派。

进了山门，便直通大殿，两厢几间配殿，整座院落，简明朴素，倒也与鲁班身份相符。本来，他就不是帝王天子，王公贵族，也不是仙宗佛祖，只是一位技术高超的工匠，世称“天下之巧匠”。

东阳木雕的祖师

浙江义乌地区的东阳县城的房屋建筑与众不同，那砖木结构的屋檐和梁柱上大都雕刻着千姿百态栩栩如生的山水花鸟，奇禽异兽和神话传说，历史故事，甚至还有整出整出的戏文。想象力之丰富，技艺之精

义乌地区古建筑

湛，真叫人赞不绝口。

这样美化住房不是要请很多能工巧匠吗，要花很多钱吗。不！东阳县人称“木雕之乡”具有千百年的雕刻传统，在那里，大多数人家都懂雕刻艺术，连十来岁的娃子也会三刀两刀的，可以给你刻个小猫小狗。

要问东阳木雕是始于哪朝哪代，他们的祖师是谁？在民间世代相传这样一个故事。

提起鲁班，无人不知，谁个不晓，他是木匠的祖师爷，俗话说的好，“智者千虑必有一失”，你别瞧他技艺那么高，名气那么大，有

木履

一天这位斫轮老手也大出洋相，差点儿掉了脑袋。

鲁昭公想邀请各路诸侯在鲁国会盟，为了显示一下鲁国的豪华富强，因此命令鲁班精心设计和建造一座金碧辉煌的楠木大殿，并且要限时限刻完成，到时交不了差就要斩首示众。

由于时间太紧，鲁班一不小心竟把这正殿上二十四根楠木大柱子的尺寸算错了，等回来一看糟了，每根大柱子都短了三尺，这真是杀身大祸啊!鲁班不由得头上直冒冷汗。

再换几根吧，一来，时间来不及；二来，一下子也没有地方找出这样称心的楠木。怎么办，真是急死人。

参天古树

鲁班回家躺在床上，辗转反侧，想啊想啊，想了整整一个夜晚，还是一筹莫展。金鸡报晓，东方发白了，他除了到宫中去请罪，伸长脖子给刀斧于杀头以外还有什么办法呢？

正在愁肠反转，神魂颠倒的当日，房门外传来了一阵咯咯咯的木屐声，他定睛一看是心爱的女儿走了进来。

“起来，起来。我今天一定要和你比个高低。”天真浪漫的独生女儿根本不知道他爸爸已经到了鬼门关口，硬把鲁班从床上拉了起来。

“别吵，别吵。爸爸心里烦得很呐！”此刻的鲁班再也没兴趣叙天伦之乐。

“不，我一定要和你比嘛，谁叫你骂我是侏儒呢？”

原来，在前一天的夜晚，鲁班在家里喝了些酒，曾经与他心爱的女儿开玩笑说，她是个侏儒，所以女儿不服气，今天装束了一番后，一定要与老子较量较量。

“侏儒就是侏儒，哪有一两个晚上就长高的？”鲁班心不在焉地回答。

但女儿不管这些，还是站到他的面前说：“瞧咱们不是一般高了吗？”

鲁班不看则已，一看奇怪了，女儿突然长高了许多；和自己相差无几。这一下子他愣住了，究竟是怎么一回事呢？仔细一看，哦，明白了。原来女儿今天穿了一双厚厚的木屐，头顶上挽起了高高的发髻，插上了亮丽的发簪。他呆呆的望着女儿，真的现在女儿不但显得高了，而且比以前更漂亮了。

于是他睁大了眼睛不断地上下打量着女儿，一言不发，活像一个呆呆的傻瓜，女儿看到父亲神态失常也感到莫明奇妙，说："怎么啦，爸爸，你不认识我啦？"

突然，鲁班一拍桌子，兴奋地搂着女儿说："好孩子，你……你救了爸爸了！你救了爸爸了!爸爸要好好的谢谢你。"

"你说啥！"女儿真的给搞糊涂了。

"对，对，我给二十四根楠木大柱也穿上木屐，挽上发髻，插上发簪。"话声未尽，鲁班就破门而出，一溜小跑的直奔建筑工地……

鲁班来到现场，马上命令石匠立即动工，赶制二十四根直径比楠木直径长一尺的石基来，准备将来垫在木柱下面当"木屐"。

自己再仿照女儿头上的发簪，精心设计了许多镂工精细，色彩绚丽的"斗拱"与"牛腿"装在木柱上端，作为承托横梁和方掾之用。

经过这样的下垫上接，不但根本上解决了每根楠木短掉三尺的问题，而且使新建的宫殿更为美丽壮观。不用分说，聪明的鲁班因此就避免了一场杀头之祸。

据说后来鲁班把这次镂刻斗拱与牛腿的技艺传到了东阳，就出现了东阳木雕。

迷你知识卡

秀才

秀才别称茂才，原指才之秀者，始见于《管子·小匡》。

汉以来成荐举人才的科目之一。亦曾作为学校生员的专称。

第五章 鲁班在劳动中积累了丰富的创造经验

无梁大殿

清代乾隆皇帝才华横溢，诗文并茂，全国的名山大川他都愿亲临饱览，并常留下许多诗篇与墨宝。相传他登上皇位的第十六年即辛酉年的阳春三月，亲率文武大臣前往四川西部秀美甲天下的峨嵋山揽胜。

所到之处皆奇石嶙峋，古树参天。悬崖峭壁，高耸入云，山岩石缝流泉叮咚。松柏荟萃，遮天蔽日，葛藤交织，如茵似毡。

山花缤纷争奇斗艳，

珍禽旋鸣婉转动听。步移景异，让人神往，让人陶醉。

乾隆皇帝同刘墉被引进一座无梁大殿，一进入殿中，乾隆就被大殿的气势吸引住了。他从殿外到殿内，从东到西，反复仔细的观赏着、深思着。

看来乾隆皇帝非常羡慕这个无梁大殿的建筑格局。

此殿建于北宋时期。整座大殿幽静异常，气势雄伟，造型独特，重檐逸翘，万楹丛绮，五彩斗拱，整座建筑机构严谨而又巧妙，实属罕见。

乾隆踱步其间，看得十分出神，许久许久方才离开大殿，走出殿外又不断回首仰望，留恋的神色让刘墉沉思良久。

在峨嵋山游玩了两天后，乾隆便起驾回京。一路之上，皇上总是和刘墉谈论峨嵋山无梁殿如何如何，并有意在北京近郊仿无梁殿的建筑格局，也建一座大殿。

刘墉心有领会，回京后没多久，乾隆又和许多大臣前去北京西郊的昌平境内的妙峰山、香山游玩揽胜，时在四月，微雨新霁，天朗气清，两山桃梨盛开，如红雨霏霏，梨雪片片；烟柳拂纱，飘渺无际，莺歌燕舞，春意盎然。遥望卧佛寺、碧云寺、香山寺，高低参差，掩映在绿树丛林中，一派生机，风光迷人，与峨嵋相比自有另一种妙不可言之处。但一座无梁殿就盖过香山全胜了。

乾隆边看边想，从目光神色中已流露出与峨嵋相比的无限感慨，刘墉灵机一动，急忙奏道：皇上，我们若在香山建座无梁大殿，其不让咱这香山更上锦上添花，又高峨嵋一筹？

乾隆听后顿时眉开眼笑，对文武大臣说道，刘爱卿之言，正合朕意，大臣们也随之应和，若在香山建座更大的无梁大殿势必雄壮华夏，增彩神州。

此时此刻乾隆更是满面春风。刘墉接着传下皇上口谕，在香山选址建一座无梁大殿，造福百姓，祈福神州，挑选能工巧匠精心设计，择吉日开工。

乾隆略加思索，又对刘墉说到，刘爱卿，限期二年总能足足有余吧，刘墉见皇上格外如意，就又讲了些理由，刘墉奏道早已知悉，四川峨嵋山的无梁小殿就整整用了两年的时间，吾香山大殿至少也得三年完成，规模大，运料远，做工精，用人多，费用大。

刘墉多谋多智，心想何不趁此良机，叫附近的穷苦百姓都能凑合着来此干活吃上三年的饱饭，也挣几个工钱，以便养家糊口。

就是这个主张，印发了许多告示，分发各地，让昌平附近几百里内的贫苦农民前来干活挣钱吃饭，就这样一传十，十传百，很快几天的工夫，香山上下就聚合了众多工匠与百姓，立锅建灶，一天三餐，饭菜充足。

三天过后，刘墉集合众人宣旨，手举皇榜招聘总领班工师，虽说人多，百工俱全，但无人敢揭皇榜，台下人头晃动，议论纷纷，都说无梁大殿无人能干，根本就没听说过。难呀，难呀！

刘墉听得清清楚楚。人人都是这么议论，他心中忽然也有些没底了。就这样持续了二天，无人敢上前接皇榜。

刘墉非常失望，面带愁容，第三天的下午，举目遥望，忽然从南天云雾中一位白发老者飘然而来，浓眉星目灼灼有神，肩背行囊，手握曲尺，缓步来到刘墉身前，躬身施礼，双手将皇榜揭下。

刘墉忙问老师傅何许人也，老汉答曰：来自山东曲阜，出身工匠世家，姓鲁，听说京师香山，大兴土木，要建一座无梁大殿，前来尽我微薄之力。见无人敢揭皇榜，老汉我虽工艺不精，但对无梁殿的建造也略知一二，所以就上前揭了这皇榜。望刘大人同全体到场的倾力相助。

刘墉请老汉到建殿地址察看，鲁老汉仔细察看了一番，又与刘大人商谈多时。预计头二年从遥远的地方运物备料，因人来的太多，又不能减员，只好分为三班轮流干活，饭照管不误，这样劳逸结合，也可抽空回家探望，或者耕种田园。

鲁师傅成竹在胸，没有急于开工，只是让民工修养生息，头两年人员总是搬砖运瓦，这月从东向西运，下月再从西向东搬，今天从山下运到山上，明天再由山上搬回山下，就这样日复一日的干了

很长时间。

原来许多面黄肌瘦的穷苦农民，现已逐渐恢复了健康，都养得身强力壮，面色红润了，刘墉与鲁师傅看在眼里，而又喜在心中。当时就有了歌谣：今天盼，明天盼，穷人盼来无梁殿，天天在此吃饱饭……

到第三年开春，天气暖和，工程正式启动，因用料早就备足，数月后柜架基本完成，拱弧广宇，横阔十丈，高耸霄汉，巍然壮观，而殿顶复琉璃黄瓦，映日生辉，霞光夺目，两层叠檐缤纷五彩，非常华丽，四壁粉刷各绘彩图，飞禽走兽，车船人马，神佛僧僚，无奇不有，形像逼真，堪称佳作绝技。

远远望去，若天宫玉阙，海市蜃楼。时近中秋，天高云淡，清秋气爽。乾隆要在新落成的无梁大殿与百官共同赏月。

刘墉连日与鲁师傅作好迎驾的准备，忽然接到圣旨，明日万岁亲临大殿。

鲁师傅急忙找来巨大的刷子当笔，倾尽墨斗的全部墨汁饱蘸刷子，请刘墉在大殿的东山墙上挥笔写了巨大“早”字。这时刷子上的墨汁基本上没有多少了。

又叫刘墉也在西山墙同样写个“早”字。

刘大人感到笔秃墨尽了，只好在西山墙上写了个较小的“早”字。因刘墉的书法技艺高超，蕴汉魏六朝及唐宋各大家之长，很受乾隆皇帝赏识，这个“早”字更是写的苍劲有神，实有红日三千，普天晴明之势，引得许多人都在驻足赞赏。

刘墉像

飞骑传报，皇上已到山下。

刘墉整冠迎接，见乾隆皇帝神采奕奕，拾级而上，仰望无梁大殿满面流露出满意的笑容。

这时刘墉急忙起身来到乾隆面

前，见乾隆格外兴奋，刘墉也就不再拘谨，有问有答。当乾隆步入殿内更觉得气势磅礴，金碧辉煌。

东山墙上惊见“旱”字，墨痕未干，清香盈室，其字写得刚柔相济，浑厚丰满。乾隆爱书法，也写得好，时而引来更多的言谈，忙问刘墉寓意何在？答曰：旭日竿头，蒸蒸日上，吾皇万岁岂不风华正茂红日中天吗？

乾隆听罢哈哈大笑起来，皇上又看看西山也是如此，便随口说道，东山大旱无梁，西山小旱无梁。

这时刘墉急忙跪倒，请万岁恩准，山东大旱无粮，山西也旱无粮，庄稼颗粒不收，民以食为天，生活艰难，请万岁开恩赦免两省赋税。

刘墉连连叩头不起，乾隆只好开恩了，刘爱卿朕念你做官清廉，处处为民着想：山东、山西两省免除三年的税收，并酌情拨国库粮赈灾。

接着就在香山无梁大殿宴请文武百官，并搭台唱戏庆贺香山无梁大殿的落成。宴会过后，民工相继领到许多工钱，人人都带着喜悦的

现代建筑很少有梁

心情回到自己的家乡。所以后来山东、山西因三年不纳粮而富裕起来。

乾隆皇帝后来回过味来，明知上了刘墉当，身为皇帝，爱面子，不好出尔反尔。相传农民得好处最多的事，莫过于大建无梁殿，乾隆也明白，耗资最大的莫过于建无梁殿。

加之山东山西三年的赦免与拨库银赈灾，乾隆越想越不是滋味，后来也知道由于鲁班的点化，刘墉的预谋，实在得不偿失，后悔莫及了，后来又觉得这刘墉虽有欺君之嫌，但也是为了百姓着想，也就不再追究刘墉的罪过了。

所以乾隆说：鲁班班门弄斧，刘墉无中生有。

西便群羊

“西便”是什么？

西便就是北京外城西北犄角——也就是内城西南角外的一个城门——西便门。西便门外，挨着护城河，原来有几十块白石头，这些白石头，远远地看去，就像有趴着的，有站着的一群白羊似的，人们看了，都说：“嗬，真像一群白羊啊！”

从那时起，就算又有了一景了——西便群羊。这群“白羊”，哪儿来的呢？这就又有了一个民间故事。

说故事的人说了：咱们都知道那位鲁班爷吧，他不但有妹妹，有老婆、儿子，还有徒弟，徒弟有多少呢？数不清了，还知道有一个诡计多端的徒弟，名字叫赵喜。

不知道是哪一年了，鲁班爷带着儿子和徒弟赵喜，往北方云游去了。

这一天，走到了北方幽州这个地方，鲁班爷瞧见这地方正在修建城墙，城墙修的差不多了，就是城门下脚的白玉石，还没找到合适的石头，还有那城门里墁“海墁”用的豆渣石，也没找到合适的材料。眼看着工程完不了，管工的头目是急得了不得，这怎能不叫好心的鲁班爷烦心呢！

鲁班爷带着独生子和徒弟赵喜，就围着北京绕起来了，为什么围着北京这样转呢？为的是找白玉石、豆渣石啊。

这一天，爷儿三个走到离北京不远的，正在北京西南的琉璃河边。

鲁班爷看见河边上有好多好多豆渣石，又往水里一看，一眼就看出河底下有白玉石来了，鲁班爷对儿子和徒弟赵喜说：“豆渣石是有了。你们看，这河底下一定有白玉石。”

鲁班爷的儿子不信，徒弟赵喜也不信，鲁班爷说：“你们不信，等我给你们叫叫看。”

鲁班爷对着河面，大声地叫着说：“河底下有白家哥儿们吗?你们醒醒!”就听水底下有一种应声：“有！有！有！”

鲁班爷的儿子惊得呆了，徒弟赵喜也惊得呆了，爷儿三个就商量怎么搬运石头吧。

鲁班爷和儿子、徒弟商量：是叫谁搬运做城门下脚用的白玉石呢？是叫谁搬运墁海墁用的豆渣石呢？

爷儿三个商量了半天，还是赵喜鬼点子多，他想了一想，就跟鲁班爷说：“师父，运白玉石的功劳大，让师哥得这件大功劳吧，我运豆渣石吧。”

鲁班爷是个诚实的人，哪里知道赵喜肚子里有什么鬼算盘！当下，很夸奖赵喜懂得谦让，连说：“好！好！运什么石头，都是有功劳的。你们师兄弟和美，遇见事商商量量地办去，没有办不到的事，好！好！”

当下，爷儿三个，商量好了运石头的办法是：鲁班爷在琉璃河边上赶石头，赵喜把豆渣石变成的“牛”，往北京城里赶，豆渣石黄黄的，不像牛皮吗？

鲁班爷的儿子把白玉石变成的“羊”，往北京城里赶，白玉石白白的，不像羊毛吗？鲁班爷他们商量好了运石头的法子，鲁班爷又对儿子和徒弟说：“必须一夜运到北京，等公鸡一叫，石头就要显露了原形，就再也走不动了，记住！”鲁班爷的儿子答应了，赵喜也答应了。

当下，爷儿三个吃罢了晚饭，单等天交定更，就要运石头了。不大一会儿，梆子响了。

天交了定更，鲁班爷对河岸边上的豆渣石、河底下的白玉石，大声地吩咐着说："老豆、老白，你们辛苦辛苦，到北京去吧！到了那里，帮助修成了北京，可是一千年一万年都有名啊！"老豆、老白没应声，赵喜在一旁直笑，鲁班爷的儿子直皱眉头。

鲁班急了，便大声地说："喂！老豆！老白！你们给我快快地走！"

老豆、老白本来不想到北京去，本来故土难离嘛！可是，经不住鲁班爷的麻烦，豆渣石一块一块的，变成了一头一头的老黄牛，跑了过来；白玉石一块一块的，变成了一只一只的大绵羊，跳出水来。

造型俊美的古桥

鲁班爷心里高兴极了，对赵喜说："你赶黄牛走吧，别到五更，赶到了北京城！"赵喜说了一声："遵师父吩咐。"

鲁班爷又对独生子说："你赶绵羊走吧，别到五更，赶到北京城！"

鲁班爷的儿子说了一声："遵父亲吩咐。"

赵喜师兄弟两个人，分别赶着牛、赶着羊，走过了长辛店，走过了卢沟桥，就直奔东北走下去了。

咱们不提鲁班爷，单说赵喜他们两个人。赵喜心里早就算计好了：运豆渣石，一定得变"牛"，运白玉石，一定得变"羊"，羊哪有牛走得快？别看师哥你运功劳大的白玉石，我赵喜略施小计，也会叫你这鲁班爷的儿子，丢人现眼！他们俩刚一过了卢沟桥，赵喜就说了：“师哥，咱们赛赛谁跑得快啊！”

古建筑注重屋檐设计

他不等鲁班爷的儿子答话，叭！叭！两鞭子，打得牛像惊了似的，顺着大道跑下去了，转眼的功夫，一群黄牛不见了，赶牛的赵喜也不见了。

且说，赵喜赶着黄牛，没到三更天，就到了北京，黄牛到了北京修城墙的工地上，忽的一下，就都卧下了，仍就变做一块块黄色的豆渣石，静等明天石匠老师傅们，整治以后，墁城门前面的海墁用了。

咱们回头，再说那赶羊的鲁班爷的儿子吧，他赶着这一群绵羊，哪里有赵喜赶着惊牛快?

可是，他也走得不慢，刚到四更天，他就看见北京城了，他心里正在高兴地想：这回真没误了修北京城的大事，真没违背了父亲吩咐的期限！鲁班爷的儿子，赶着羊一直往前紧走，眼看不远就到城边了。

忽然，咯咯！一声鸡叫，跟着近村远村鸡都叫起来了，这石头变的绵羊一动也不动的，全倒下变成石头了，远远看去，就仿佛还像一群绵羊似的，后来，这里修了西便门，就管它叫了“西便群羊”，又算了一景。

听故事的人，一定要问：鲁班爷的儿子，不是四更天就离北京不远了吗？

四更天怎么会鸡叫呢？这就是赵喜用的诡计。

赵喜的豆渣石运到了以后，他怕师哥抢了头功，就学了一声鸡叫，他这一声鸡叫，引起来远近村子里的鸡都叫了，绵羊听见鸡叫，就走不动了，就仍旧变成白玉石了。

五里长桥

在宋代绍兴 8 年，于福建省的泉州与晋江两地之间的海湾上，建造了一座长达五里的大桥，工程浩瀚，要求严谨，造型独具，精工细雕，全桥用五色花岗石砌垒。建桥的时候，泉州知府亲临督阵，不允许有半点疏漏与差错。

这里地处海滨沙滩，风急而频，加之海岸辽阔银沙无边，数里之遥不见草木，每当盛夏烈日如火，炽热难忍，若逢冬季，海风呼啸，寒气逼人，加之海域水咸气腥，很多民工水土不服，病倒了。

工地上能干活的人很少，情况十分艰难，泉州知府卢大人见这么多人病倒了，心中十分焦急。对此，他也无计可施。卢大人无奈，只好宣布放假三日，让民工暂作休养。

这时有位老者背起行囊，带了镢铲，大步离开泉州工地，直向附近的梅山奔去。他攀山越岭，牵藤附壁，涉水渡漳，采野草，挖葛根，找灵芝，披星戴月，采集了许多清热解毒，祛风散寒，强筋壮骨的药物，又匆匆赶回泉州工地。

老者让人在漫长的海滩上架起五口大锅，熬药煎汤，一时间药香缭绕迷漫，五里长桥尽沐浴在芳芬的药香中，驱散了海边的腥雾与瘴气，得病的民工渐渐觉得身体恢复，力气又回来了。

工地上又热闹起来了，泉州卢太守闻讯赶来，对采药医病之人感激万分，卢太守满怀虔诚的心情，在众多工匠中慢慢探访到了那位跋山涉水，为民工不畏艰难采集药物的老者，卢大人走上前去躬身施礼，问道：“本官为泉州知府，姓卢名浩，下官初任泉州，还望众位贤达之士以诚相待，敬问老先生何方人士？”

老人拱手还礼，说：“我来自山东曲阜，姓鲁，世代工匠。”卢太守又拱手说道：“敬仰敬仰，孔孟之乡，贤达辈出，洙泗文脉，孕育了许多宏儒名流，让卑职十分敬佩。遥瞻先师‘万世师表’典范，典范。”

接着又说：“卢鲁字异而音同，山东与河南两地接壤，呼之相闻，此次老先生慷慨义举，解民工和长桥工地之困，下官深表感谢！”说罢又施一礼，“今逢鲁师傅这样德高艺精之人，也是有缘，是下官的一件幸事，以后还望先生多指教。”老人拱手答礼，说道：我会为长桥尽心尽力，请大人不必客气。

长桥的建设已接近尾声，远远望去，碧波之上长桥犹如一条巨龙，气势恢弘。

五里长桥的美名也传到海底龙宫，这时龙王三太子安海早就听鱼兵蟹将说在泉州海湾有五里长桥，天下第一。

去年他就偷偷在海边窥探，也曾三更半夜寂静之时登桥观看，真是大饱眼福，他非常羡慕这座壮观的大桥。安海心想：我四海龙宫，应有尽有，却没有人间的能工巧匠如此高超的技艺，我身为龙子龙孙，实在没有面子，称什么海底龙宫，惭愧呀，惭愧……

安海忽然想到何不请这些建桥的能工巧匠，在海底龙宫也建造一座如此的长桥，与人间媲美，三太子越想越高兴，不如干脆在桥上过上几天，与工匠们熟悉熟悉。

此时正逢盛夏，三太子在这光滑如镜、无遮无拦的五里长桥上受烈日曝晒，如笼蒸火烤。你想那龙王太子久居深海龙宫，终年清新凉爽，如此火烤般的暴晒他那里受的了。

只晒得个三太子百红耳赤，汗流浃背，可他痴迷于长桥的壮观景象，久久不愿离去。他想若在这桥上再盖座亭子，让南来北往的人们在亭子里歇息，又增添了桥上的景观，岂不是锦上添花。

他一边想一边看，忽然看到不远处有位老者，正聚精会神地摆弄

着几块方木，他仔细的观察，猜测着，心想老人家好像是建造一座什么亭子，太子一时兴奋，忙问：“老师傅你是想建造一座亭子吧。”

老汉点头向他示意，三太子见自己与老者想到一块了，心中高兴，忙说老人家那太好了。

老者站起身来，望着五里长桥又说：“我计划在桥上修五个亭子。每一里建一亭，以供来往人员乘凉和避雨。”

三太子说：“刚才我也正这样想，没想到和你想到一块了，建亭子的事，若有什么难处，如用我帮忙，愿全力相助，绝无怨言。”

老者说：“眼下想在桥上建五座亭子，看来确实有困难，用料短缺，时间紧迫，一时难以完成。”

老汉望着长桥又长叹了一声，太子心中一亮，于是他对老者亮明身份，说：“我正是龙王三太子安海，你若在大桥完工后去海底龙宫给我们建一座如此的长桥，我愿借给你五座凉亭。”

老者惊奇的看着三太子，说道：“不知是三太子殿下在此，老汉失礼了。如三太子愿意出手相助，我想凉亭建造指日可待了。只是到海底去建桥，我等众人岂不送了性命？”

太子笑着说：“你不必多虑，我有犀舟在此，犀舟为海疆瑰宝，它在海底畅通无阻，回避万物，

凉亭

巨石暗焦如过平川，巨鲸望风而逃，你若不信可当即前往，并到百亭山看看，那里处处是亭，故名百亭山。各种亭子也任你选择！老者就同三太子驾犀舟潜入海底，老者一看果然如此无数彩亭，个个玲珑剔透，人间稀有，连忙选了五个与桥相衬，尺寸合适的画亭，又分别打上了记号，按顺序排列。

老者对太子说道：“怎么向上运呢？”太子笑着说：“不用愁，我令五名鱼兵蟹将，速速将五座画亭运往泉州，又派了五百精兵护送出海。”

泉城

三太子命令手下：“今夜子时悄悄按编号顺序妥善的安放在五里长桥之上，不可走漏风声，若有丝毫差错，绝不轻饶。”众海兵听后个个胆战心惊，叩头拜谢而去。

老者与三太子回到桥上，将桥上五座凉亭之事告诉了大家，整个工地一片欢呼。消息很快传遍泉州、晋江等地。

这天太守携带礼品前来答谢鲁老师傅和全体民工，并集体祝贺大桥顺利落成典礼，他已预先通知各州府县，大小官员，财主乡绅，为报答慰劳辛苦建桥的民工，请各自解囊，捐钱捐物皆可，并自书清单写清品名与住址姓名，同交大桥总监处，以备立碑表扬。

泉州太守同夫人来到五里长桥，随后见车辆马匹，手提肩挑，人山人海如潮水般向大桥涌来。物品之多，钱财之富，堆满十里长堤。

太守将建桥民工的清单取出，一目了然，姓名地址，工日样样俱全。然后让手下官员有条不紊的向民工发放奖励物品，卢太守所带的贵重礼品是专门答谢鲁老师傅的，他高声叫道：“鲁师傅哪里？”

鲁老汉听说付酬于他，匆匆起身，向全体民工躬身一拜，并说他要告辞了，又说他是为工为民而来，寸草不图。

他只带着自己的墨斗曲尺驾木马腾空而去，并向太守招手致意，泉州知府呆呆地望着他健壮魁伟的背影，慢慢消失在淡淡云雾中，转眼从空中飘落下一张纸条，写着“入仕不求名，为官一身清”。

太守幡然醒悟，他向木马飞去的方向躬身一拜，并说：“这绝对是巧圣鲁班先师，先师教诲后生永世不忘。”

再说奇闻已遍四海，三太子私驾犀舟出海，将龙宫仙亭赠送人间的事情，已被老龙王知道，十分生气。

龙王下令将三太子速打入铁壁水牢，永世不得露面。幸得群臣联合讲情，才叫他带罪贬于南海兰屿群岛服役去了。

太子一去音信皆无，所以鲁班下海建桥一事，与借五亭之说也就变成了一个美丽的传说，但五里长桥的美名日趋响亮，附近的人们，纷纷来此观光揽胜。

长桥上人山人海，扶老携幼络绎不绝，泉州与晋江的动人美谈传遍神州大地，千秋岁月的变幻苍桑，但桥上鲁班的精雕细琢依旧历历在目，他那为工为民献计出力而不求回报的伟大风格，永远烙印在广大人民的心目中，闪烁着亮丽的光华。

“天下无桥长此桥”的美誉至今流传。

涂田与秧马

相传早在唐代末年及北宋初期，中国东南沿海万里滩涂极为辽阔，由于终年的朝起朝落，泥沙积淀了厚厚的几层，非常肥沃。

只因地处海滩风沙太多，气候多变。许多人都受不了那里的苦，据说从前当地官府几度移民于此开荒种地，但都以失败告终。

直到北宋景德年间，官府下决心再次开发海滩，连出巨资粮物补恤人民，分配住宅蓬帐开垦工具及其他日常用品。

在滩涂新开的田地、渔塘、藕塘，不征皇粮，不交官税，并免除徭役，以近者优先，外地候补的原则，许多知情者愿来沿海开滩种田的很多，大半都是青壮年。

他们都怀有一种想法，反正官府供给一年的粮食，没什么困难，都抱着试试看的心态。好就继续干下去，不好就回家。

这年春天，官府定期集合新移民前赴海疆，搭建起帐篷、锅灶，分发了粮物，按五人为一小组，以便互相帮助。

年轻力壮的很快结合起来了，最后只剩下一位年迈的老人，穿着破旧，但精神奕奕，一打听他来自山东曲阜，离家遥远，又无亲故，更没人愿同他合作了，老汉无奈，只好独自单干算啦，他首先走走看看，就在一处非常辽阔的荒滩中定居下来，自己动手盖了房子，又用竹子围起了栅栏，成了一处海滩独院，他早出晚归，开始了海滩垦荒种田的工作。

在水位较深的地方，筑起高高的围堰，作滩池养鱼养贝，又在浅水处修起道道长堤以防海潮的浸入，作种菱秧稻的良田，又在离水较远潮湿的地方，修筑沟渠以便涝排旱灌的芦苇地块，特殊的高地不受海潮冲击的地方种植了许多早熟的作物。

一年可收获二至三茬，老汉年龄大，阅历广，样样都懂得，他还养了牛羊鸡鸭。当年老汉就有了丰富的收获，再加上芦苇又卖一大笔钱。

老汉当年就成了远近闻名海滩拓荒的富户。而其他年轻力壮的人们都不愿吃苦，又加上试试看的心理再作怪，都没把田种好，收入寥寥无几。

老汉就将自己的粮食分给他们，所以使许多民工非常敬佩他也羡慕他。后来许多年轻人前来拜访他、学习他。他总是热情的对待，向他们传授成熟的经验、种田知识。

在老汉的成功影响下，第二年在辽阔的海滩上迅速掀起了垦荒种田的热潮，人人竞相开荒整田，在长长的沿海滩涂由于地广人少，每到插秧之际，人人都披星载月，早出晚归，忙得无半点闲暇，在那茫茫无际的水田中，终天弯腰驼背的拔秧插秧，累得腰酸背痛，实在难耐，人人叫苦连天。

曲阜的周公庙

老汉也深解那种辛苦的滋味，心中暗想，设法造样东西，坐在上面插秧或许能减轻如此的劳苦，他决心要造件东西帮助农民插秧，老汉默思了一会，取来木工家具，开始了制作，他用较薄的木片，造成首尾上昂的轻便小船，腹中凸起一块如马鞍形的坐垫，并付绊勾挂于肩上，放入浅水稻田中，人跨其上，在水中滑行，首试觉得很灵活，也快捷又方便，使插秧进度大大提高，减轻了弯腰驼背之苦，很受滩田广大人民的欢迎与喜爱。在老人的倡导下，很快掀起制造的热潮，由于它限于插秧所用，取名叫“秧马”。

老汉又带了几个徒弟，一连几天制造了许多秧马，分发给大家，效果特好。得到所有用户的好评，这年整沿海滩涂之地，获得了空前的丰收。

消息传开，故此靠近沿海地区的村落相续崛起，内陆许多民众纷纷前往海滩安家落户。到第三年由于风调雨顺，沿海一带的稻菽又是一个大丰收，鱼塘、藕塘、芦滩苇滩，样样丰盈，官府闻之先后来访，深表祝贺，秋收之后，时值北宋大中祥符元年，真宗皇帝专程到曲阜拜谒周公，并下令于太庙旧址，重修周公庙，老汉悉知这一惊人的消息后，就及早动身，连忙向附近的朋友告别，要匆匆回家去纪念周公去了，话毕老汉就无影无踪了。

大家都觉得这事太神奇了，都说这位海滩垦荒种田来自山东曲阜的老汉定是神仙，他三年来在此勤劳巧干，收获了许多粮食钱财和其他东西，都原封不动的留在那里，独自走了。官府知情后，有关所属官员即前来查访，只见桌案上放着个纸条，上写着：海滩开荒三年整，期满回家祀周公，所留粮物济贫穷。也没留姓名与日期，又看看许多其他东西，在一簇木工箱子上有行早期刻字：木受绳则直，人受谏则圣。

此官看来油然敬之，说道：名句出自先师孔子呀。又见另一个工具上写着：大匠诲人，必以规矩，学者亦以规矩。

又说此句出自孟子。这官默默的猜测着，这老汉是谁泥？瞬间见他仰天笑曰：此人原来是巧圣鲁班呀，真是妙哉、妙哉！少顷，将鲁班所留下的许多东西，都的情分发给许多较为贫穷的人，鼓励他们也向鲁班学习，积极垦荒，力争富裕起来。

为此，广大民众非常感谢鲁班的所作所为，官府把他当年开垦种植的芦田取名叫：鲁荡。种苇的田地取名苇荡。但经过千百年的变迁与传说，人们就将两荡合一了，现成了“芦苇荡”。

刘墉

山东省高密县逄戈庄人，乾隆十六年（1751 年）进士，刘统勋子。官至内阁大学士，为官清廉，有乃父之风。

刘墉是乾隆十六年的进士，做过吏部尚书，体仁阁大学士。工书，尤长小楷，传世书法作品以行书为多。

第六章

鲁班是用智慧为人类制造发明的人

瘸腿老头显神功

鲁班爷学成手艺后，便四海为家，足迹遍布九州，所到之处都留下了工艺诀窍的建筑和与这些建筑有关的美丽传说。

比如北京皇城的角楼、赵州的大石桥、凉山作浮图、福建建造五里长桥等等，这些美妙的建筑都有鲁班爷显神功的故事。

就说江西的庆隆寺吧，庆隆寺是一座精巧壮观的寺庙。想当年建这座寺庙的时候，那可是名师云集、巧匠荟萃，八方工匠都纷纷前来一显身手。

一开始，工程进展很顺利。工匠们各显神通，都在暗地里较着劲

美妙的古代石桥

呢。看看谁的手艺巧，看看谁的技术高，工匠们干劲高，整个工地热火朝天。

工匠们眼看着高大的寺庙在自己手里一天天长起来，心里无比高兴。就在要上梁的时候，意想不到的事情发生了，这一下子让在场的所有工匠傻了眼。

本来合计的好好的木料，往一起合的时候却是横斗也长，直斗也长。可是放到地上再量一量尺寸，无论横斗还是直斗尺寸却分毫不差。

等到一上梁，又不合缝了，有的工匠已经干了一辈子工程，从来没见过这样的事情，他们百思不得其解，弄不清到底是哪里出了错。

就这样，从早上到天黑，把斗拱弄上去，不合适再弄下来；合计一番，尺寸明明正正好好，可是一弄到梁上，又不合适了。

领头的工匠这时候六神无主了，他不知道是哪里出了问题，该截哪里。上上下下弄了一天，最后所有的工匠都没了主意，整个工地上鸦雀无声，没有一个工匠敢站出来说说自己的看法，每一个人心里都七上八下的打鼓。

“让我试试吧！”

工匠们一听这话，都急忙循着声音看去，只见一个老头瘸着一条腿，背上背着一把生了锈的破锯，手里拿着一把有豁牙的斧头，一瘸一拐的从看热闹的人群里走出来。老头脸上很平静，一副见多识广的样子。

可是这些名师巧匠却怎么也不能相信，就这么一个瘸腿老头能把他们的难题解决了。大家看看他，谁也没说话，不知是谁忍不住吃吃的笑起来。

老头见这阵势，就知趣的退到一边去了。

领工见天已黑了，烦躁地大喊一声：“开饭！明天再说！”

工匠们收拾起工具垂头丧气的吃饭去了，谁也不理会瘸腿老头。

一个跟着学手艺的小徒弟，看着瘸腿老头挺可怜的，就盛了一碗饭，偷偷的送给老头吃。一会儿又打了一盆水，让老头洗洗他那只烂脚，然后，这个小徒弟就挨着老头睡下了。

石桥多用雕刻装饰

半夜里，小徒弟睡得正香，被老头摇醒了，只听老头说："小兄弟，我看你心地善良，让你长长见识，也算是对你的一种报答。"

小徒弟睡得懵懵懂懂，不知老头这话是什么意思。见老头翻身起来，半夜跟着来到外边，走到工地上，只见老头右手握斧，左手拿锯，月光下，霎时间白天的烂锯锈斧，发出耀眼的光芒。

老头用闪着银光的斧子在每个柱头上连敲三下，然后把闪闪发光的锯放在大梁正中，大喝一声："正梁大柱，各自起身，各归其位，万载千年！"

这时小徒弟懵懂的眼睛瞪得大大的，看着眼前的老头发呆。只听老头话音刚落，大梁、柱头以及斗拱的所有构建，纷纷立起身来，各就各位，严丝合缝，不差分毫。

小徒弟见此情景，突然猛醒，当即双膝跪倒："老人家，您莫不是鲁班仙师下凡吧！"

只见老头手捋银须，微微一笑，说道："今夜里看到的一切，不要四处声张。这斧子和锯就留给你做个纪念吧。"

说罢，老头转身走进黑夜里去了，小徒弟呆呆地看着鲁班仙师的背影，突然发现他走起来轻盈敏捷，一点也不瘸。

第二天一早，天刚刚亮，领工就来到了工地上。

其实他一夜都没睡踏实，光想着上梁的事了，想了一夜也没想出主意来，低着头寻思今天该怎么办呀？

走着走着就轻轻叹起气来，来到工地，他一抬头，一下子愣在那里。接着他爬上架子仔细查看一番，见柱头和大梁每一处都严丝合缝的口合在一起，领工一屁股坐在架子上，心里默默地说“神了神了，一定是神仙来相助了。”

柱与大梁严丝合缝

小徒弟一直记着鲁班仙师的叮咛，那天夜里发生的事情没对任何人说。

后来，小徒弟四处周游，向每一个遇见的名师学艺。直到他的技艺超过了所有的名师巧匠的时候，他才向自己的徒弟们讲述了自己遇见鲁班仙师的奇遇，于是，这个故事就开始在各地流传开了。

有眼不识泰山

传说鲁班有一个女儿叫荷花，她从小心灵手巧，到十五岁，长得像朵鲜花，不仅会一手好针线，而且能写诗绘画。

她经常跟着父亲到山上去，看到飞鸟，采来百花，就用五彩线把它们绣出来，绣得活灵活现。

鲁班年纪大了，想招一批徒弟，一为传艺，二为挑个合意的女婿。消息传出后，几天时间来了一百多人。

鲁班很珍惜自己的声誉，对徒弟们要求很严，头一年练基本功，春季，每人要到南山伐九百九十九棵大树；夏季，每人要刮九百九十九根车轴；秋季，每人要锯九百九十九块木板；冬季，要凿九百九十九块石头。

有些人受不了苦，溜回去了，有些人没做完规定的活儿，被鲁班辞退了。到后来只剩下三个人，一个叫英俊，一个叫英泽，一个叫泰山。

为能找到意中人，荷花经常和三个师兄接触，有时还暗中出个题目考考他们。

一次，荷花到院中洗衣服，见三个人正在聊天，就走过去问道："你们可知道是谁开天辟地才生出万物？是谁发明了房子人们才有了住处？谁划九州制服了洪水？谁曾练五色石把苍天补住？"

英俊想了半天答不上来，说："叫俺扛木头行，干这个可不行。"

英泽说："连这都不知道？是玉皇爷开天辟地才生出万物；咱师父发明房子人们才有了住处；老龙王划九州制服了洪水；太上老君曾练五色石把天补住！"

该泰山回答了，他不紧不慢地说："是盘古开天辟地才生出了万物；有巢氏发明了房子人们才有了住处；禹王爷划九州制服了洪水；女娲娘娘曾练五色石把苍天补住。不知对不对？"荷花一笑。

还有一次，荷花拿了块白绢，她说要绣四样东西，每样东西代表一个方位"西北东南"，她要三个人猜，英俊搔了半天头皮，说："俺猜不着，干这个还不如搬石头轻快哩！"

英泽说："俺猜着了，一定是南极老寿星的仙鹤；东海龙王的兵；北山沟里的老人参；西王母娘娘的蟠桃树绣在正当中。"

泰山想了想说："是不是要绣南山坡上的青松；东海深处的蛟龙；北山涧里的灵芝；西山顶上的彩凤？"荷花喜欢得差点儿蹦起来。

日子一长，荷花选中了泰山。她觉得虽然英俊憨厚正直，英泽听话守谱，但都不如泰山聪明稳重，有毅力、有志气。

鲁班却看中了英泽，他觉得英俊笨头笨脑，不如英泽能说会道，泰山好高骛远，不如英泽守谱规矩。

他传授给三个人四种绝技：一是盖房子，无论楼台亭榭，还是殿堂阁室，都样式各异，精致优雅。二是造车，木人木马，自动行走。三是制鸟，栩栩如生，会振翼而飞。四是雕石头，各种图案，五彩缤纷。

最后，鲁班拿出四个白天和晚上，要三个人分别用一天一夜仿"四绝"造一件东西。说谁的手艺赶上他了，他就把荷花嫁给谁，赶不上的也要出师了。英俊造的房子模型是一座凉亭，虽然很像，但样式挺简单；造的木马车虽然会走，但像只乌龟在爬；制的木鸟飞不到一房高就掉下来；石头上雕的图案，是一只缩脖子鼓眼睛的青蛙。鲁班摇了摇头，叫他走了。

英泽造的房子模型，是一座五花楼阁，走龙梁，飞虫栋，十字样架起，秀气玲珑，是鲁班所传最复杂的一种。另外三件，也跟鲁班传的一模一样，难分真假，鲁班满意地点了点头。

泰山造的房子模型，虽然比英泽的那件还精美，但鲁班没传过那种样式；造的木马车虽然走的很快，但木人的头不会转动；制的木鸟飞到空中后吱吱直叫。原来泰山不愿循规蹈矩，想用木人辨别方向，把木鸟制成会飞又会叫的。但鲁班看后很生气，就说："你已经很能了，不需要跟我学了，你走吧！"

泰山要走了，荷花很难过，一直送到南山口。泰山说："俺一定继续用功，等手艺超过了师傅再来见你。"

荷花也说一定等着他，海枯石烂不变心，并把带有青松灵芝的绢

鸡鸣山

绣送给了泰山，嘱咐他说："俺爹还留着一手没传，明年三月初三，你要到赵州去学。"

回到家里，鲁班要女儿跟英泽成亲，荷花不答应，说英泽的手艺还没学全，非让父亲再传造桥的技艺不可。

鲁班无奈，只好答应。下年闰四月，老皇历规定正月不做工，二月不动土，一直到了三月三，鲁班才带上英泽到赵州。

他们怕人学艺，他俩白天睡觉，晚上才干活，一直干了七七四十九天才完工。完工以后，按照荷花的要求，英泽还得到浑河上再造一座同样的桥，也是用七七四十九天，最后一天鸡鸣时由荷花亲自验收。

因为到了雨季，浑河来了水，直到九月九才动土，为了娶到荷花，英泽很卖力气。到了第四十九天半夜，荷花站在浑河东南的山上一看，桥已快修好了，她很着急，便学起公鸡打起鸣来，四外的公鸡也跟着她叫。

英泽以为期限到了只好停工。结果那座桥没有造完，后来好长时期还存留着。浑河东南那座山，至今还叫鸡鸣山。

娶不到荷花，英泽很着急，便打起了坏主意。乘荷花上山摘花的时候，把她劫到木马车上逃走了。鲁班很伤心，便坐上木马车去找，

仰望鸡鸣山

找了九十九个白天和夜晚，八十八个城市和村庄，连荷花的影子也没见到。

鲁班只好转回鲁国。这一天离家不远了，后面来了一辆车，车上坐着个小伙子，近了一看，原来也是个木马车，比鲁班那辆还精美。

鲁班惊奇地问时，小伙子说这叫“四宝车”，木马拉车自动行走是第一宝；车上木人永指正南，迷路时能辨方向是第二宝；小伙子指着车上的石刻雕花是第三宝；车顶上的木鸟会飞，会叫，会传信，是第四宝。鲁班问是谁造的，小伙子说是主人东岳造的。

荷花被劫走后，木马车拉着她们翻过了一座又一座高山，穿过了一条又一条大河，到了一座密林前才停下来。英泽威逼她成亲，荷花不从，英泽就拿树枝痛打起来，荷花高呼救命。这时，密林中走出来一人，英泽一看，吓得急忙逃走了。

原来那人是英俊，英俊出师以后，自知手艺不精，怕给师傅丢人，一直躲在这里练艺。刚才正在伐木，听到呼喊声出来救了荷花，问明原委以后，就把师妹送到了家中。

鲁班进门一看，女儿已经回来了，非常高兴，拉着荷花去看“四宝车”，说这是东岳造的，手艺比我还强，人家今天是来求亲的，不知你乐意不乐意。

这时，小伙子又拿出一件东西交给荷花，说东岳让亲手交给你。荷花一看，原来是她绣的青松灵芝绢绣，上面新写了一首诗：“南山路口知心话，东海流水情意深，北山灵芝压群芳，西山石烂不变心。”荷花看完知道东岳便是泰山，就一口答应了亲事。

洞房之夜，荷花问起别后情况，泰山说：“正月时闹元宵，俺在

家制木马，木鸟上了天，会飞又会叫，三月里三，俺学艺去到赵州桥边，四十九夜没合眼，九月九上鸡鸣山，后来的事情甭说，你已见过四宝车，春夏秋冬把艺钻，一直盼你到今天。”

回门那天，鲁班一看招的女婿原来就是泰山，弄得丈二和尚摸不着头脑。听女儿一说，不禁深感悔意，仰天长叹道：“我真是有眼不识泰山啊！”

“有眼不识泰山”这句成语，就是根据这故事流传下来的。

夫妻造船

古时候，海里的鱼啦、虾子啦多得密密麻麻，还有海菜花啦、野鸭啦……俗话说“靠山吃山，靠海吃海”，那时，你要是去打上一天的鱼，或者打上一天的猎，保管你三天也吃不完。可是要没有船，那东西再多，捞不到手也是白搭。所以海边百姓的生活苦得很。

后来，世上出了个鲁班，样样都很精通，他还做过会走路的“走马房”呢。而且鲁班的媳妇也是个心灵手巧的人，有时，还给鲁班出主意，是个好助手哩!海边的百姓听说鲁班师傅是个了不起的匠人，又肯帮助别人，就三番五次地来请他给造个能出海打鱼的工具。

鲁班日思夜想费了好多心血，想了又做，做了又想，可是，始终想不出个巧办法来，让像个大头房子一样的家伙能在水面上漂。鲁班的媳妇也给他出了许多主意，还是做不出来。说来也巧，一天，鲁班媳妇到河边去洗衣裳，把她的一双翻头鞋放在河堤上。

忽然，河头上刮起了旋窝风，一下子把她的鞋吹到河里去了。一阵风过去，鲁班媳妇睁开眼睛一看，哎哟!鞋子漂在河里。她心里一着急，三步两步就跳到河里去捞，鞋子漂呀漂，一下子漂到河这边，一下子又漂到河那边。

鲁班媳妇看见鞋子不沉底，突然想起造船的事来，定神看着鞋子漂了一会儿，才捞起鞋子回了家。

鲁班媳妇一路走一路想，总想不出个缘由。到了家里，又把鞋子拿在手里细细的揣摩，鲁班喊她吃饭，她也不理。

鲁班觉得有些奇怪，就说：“那鞋子有什么稀奇的，看得连饭也不想吃了！”“这鞋子就是稀奇哩！”鲁班媳妇说。

鲁班又追问一句：“到底稀奇在哪里？你说说看。”鲁班媳妇这才把事情说了一遍，最后说：“鞋子落水不沉底，你看到底是什么缘由？稀奇就稀奇在这里。”

鲁班师傅一听，朝妻子的翻头鞋瞟了一眼，忽然像发现了什么东西似的，大声叫了起来：“一是空心，二是不漏水，空心又不漏水，就不会沉底！”

说着，鲁班把鞋子往荷包里一插，就要往外走。

鲁班媳妇连忙叫起来：“你看你，湿鞋子也往荷包里插！”鲁班低头一看，不觉笑了，说：“真是！我还以为是我的烟盒子呢！”

接着，鲁班媳妇说：“你看，我们要不要造一个像翻头鞋一样的东西？”“对，刚才我就有这么个想法！”鲁班回答说。

于是，鲁班就白天黑夜地干，仿照翻头鞋造了一只小船。小木船造好了，夫妻俩把它抬到海里，小木船真的漂起来了。这样，鲁班又仿照小木船造了只大船，里边还装了好多东西，拿到海里一试，大木船也漂起来了。夫妻俩高兴极了，一齐跳上船去划了一阵，漂来漂去，好不自在！

夫妻俩回到家里，又造了好多船，送给海边的百姓。从此，海上才有了船，海边百姓的生活才有了个靠处。

鲁班与车船

在很早以前，湖泊和沿海地区自从有了船舶，人民的生产生活就很快得到改善，也逐步富裕起来，在沿海一带呈现出一片繁荣活跃的新气象。

伴随着渔业的迅速发展与提高，海上的来往运输全部依靠那些简陋的船舶，由于当时的技术差，对船的制造才刚刚开始，船的体积很小，所以在那遥远的海岸线上运输，说来是无济于事，难以解决当时的困难。海边的居民都处在这种困惑中，人人都有这种感受，因此议论纷纷，许多木匠听后都为此事为难发愁，也为之苦思默想。

一天，鲁班也从南方回家，顺便用小船捎来许多竹竿与木料，由于天气炎热，船小货重，用橹摇着船航行，非常缓慢，鲁班心里很着急，第二天他早早就启航，正巧顺风，鲁班随手脱下衣服挂在杆上，这时风把衣服吹得鼓起来，没想到船借到了风力，速度明显加快了。

鲁班十分惊喜，他想要是用一块硬布挂在船上，高高的升起来，不就能借到更大的风力，船就走得更快了吗？所以鲁班很快做成了帆蓬挂于船上。大家都相互效仿，但不一定天天如此，时时顺风。

古船手绘图

他总是在前进中探索，一天他独自游于湖边，看见鹅鸭相逐水中，飞驰如箭，全靠脚趾蹼膜，搏扎前行，他一边观察，一边思索，心想如果在船上也安装上如鸭脚蹼的许多翼轮，用力旋转或许前进的快些。

鲁班边想边干，就在小船的两舷，按上了双翼轮，中穿一轴，上有踩板，以足力踏之，促使翼轮旋转，激水前进，这样一试果然成功，经过多次的改进，与实践的摸索，先后又大大将船身加长加宽，随之也增添了船舷的更多翼轮，从此载重量倍增，而迅速加快，给海上运输带来生机。

也为人类最早的螺旋推进船开创了先河，这种“车船”的兴起，也给后来的轮船，汽船打下了比较良好的开端与基础，所以说“车船”也是“轮船”的前身。

“加盐”与“加檐”

鲁班盖房子盖得好，名声一传十，十传百，百传千，千传万。近的远的，只要有人想盖房子、建亭台楼阁就会想起鲁班。

后来，连京城里的皇帝也知道鲁班是一个工艺绝巧的工匠了。这一年，皇帝要建一座金銮殿，他亲自下旨，要鲁班来设计建造。

要把金銮殿建成全天下最壮观、最豪华的宫殿。

鲁班奉旨而来，带着他的徒子徒孙，他按照皇帝的要求，设计好图纸，带着工匠们日夜不停地干活。一座雄伟的宫殿越长越高，眼看就要完工了。

古建筑上的飞檐

鲁班突然发现出错了，这个错儿一下子就把他吓懵了——椽子短了一截！

鲁班连忙查看他下的尺寸单子，原来自己把椽子的尺寸算短了。这么高大的宫殿，屋檐短了，一下雨淋墙不说，还难看得要命。

这可要命了。皇帝定下的完工日子不能改，金銮殿完工时，朝廷还要举行落成大典。重新破料加工椽子，肯定来不及了，到日子交不了工，那是要砍头的。

鲁班左思右想，挖空心思，怎么也想不出个好办法。他觉得自己的脑子都成了一块木头，转悠不动了。

这天夜里，鲁班跨上自己造的木马，一按机关就飞上了天。一路上，鲁班口中念念有辞：我造了千座屋、万间房，偏偏给皇帝建宫殿出这么大的错，我这一世美名算是完了、完了。

不知不觉间，鲁班回到了家。他降下木马，进家一屁股坐在凳子上长吁短叹。

鲁班妻子见他突然回来，一脸的愁容，就问他：“你不是建金銮

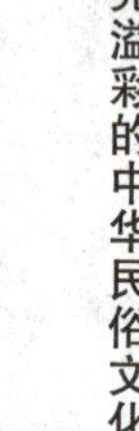

殿么，怎么回来了？”鲁班摆摆手不说话。

妻子又问：“到底出了什么事端，看把你愁成这样？”

“出大事了，出大事了！”鲁班边摇头连说。妻子再问，鲁班只是摇头，一句话也不说了。

妻子转身进了厨房，一会端上热腾腾的油饼和菠菜汤，对鲁班说：“出什么样的大事，也得先吃饭，吃饱饭再说。”

鲁班头也不抬，脸也不转，只是坐在那里。妻子从来也没见过他这么愁苦过，心想一定是出了无可更改的大错了。

她就劝鲁班，“这么大老远的跑回来，一定饿了，先吃点饭，说不定吃饱了，你就想出办法来了。”

古建筑的重檐艺术

鲁班还是不动。

“要不你尝尝我烧的汤有盐味么，要是淡了，我再加点盐。”妻子哄劝着。

低着头的鲁班突然浑身一个激灵，两只眼睛放光，问道：“你说什么？再说一遍！”

妻子被鲁班的样子吓了一跳，“我说，汤要是淡了，再加点盐。”

鲁班双手一拍大腿，大喊一声：“对！加檐！”

说罢，站起身，大步走出家，骑上木马，一按机关飞了起来，转过头对跑出来的妻子说，“没事了，我很快回来！”。

鲁班一走，金銮殿的工地上可乱了套，监工大臣心里像十五个吊桶打水，七上八下，要是鲁班一去不回，金銮殿建不成，他的颈上人头恐怕也保不住。他不住地大骂鲁班的徒弟，徒弟和众工匠们各个心惊肉跳。

突然间鲁班骑着木马回来了。走的时候，鲁班愁眉苦脸，回来时，鲁班脸上笑眯眯的。徒弟们一看师傅的笑脸，就知道有办法了。

监工的大臣正要责骂鲁班，鲁班挥手说，“什么也不用说了，我保证按期完工。”

鲁班吩咐徒弟们，在截短的椽子上再接上一截，这样下雨不但不淋墙，而且整个屋檐探出去一块，好像要飞出去一样。这就是后来人们说的飞檐。

鲁班与门的发明

从前，人们住的房子，都没有门。没有门，挡不住风吹，也防不了野兽豺狼的袭击。风吹来，只好靠木板等去塞住，野兽来了，也只好拿家具堵住，使它不能进来。

鲁班先师知道了这件事，就决心替大家想个办法，使大家能装上门，要关能关得住，要开打开就是了。他马上就动身，把心想的这个办法告诉一个住在深山中的老头儿去了。

这一天，住在深山里的老头儿一家人，在数自己家养的羊。啊!又少了三只，还不是昨晚又让狼进来吃掉了。一家人都很伤心，可又想不出个办法防止狼进来。

正在这时候，来了个白发老头子。他见大家很悲伤，就坐了下来，问：“什么事值得这样愁眉苦脸？”

住家的老婆婆看了他一眼，便告诉他没有办法防止狼吃羊的事。白发老头子笑了笑说：“这还不容易！装上个门，夜晚把它关上就行了。”

老婆婆说："做了门呀，可就是关不住，只要谁用力一撞，门板就翻倒一边去了。"白发老头子没说什么。

过了一阵，他又拉开了闲话："我这个老头子，本来也没什么力气了，风都吹得倒。可是我呀，就是有了这根拐杖，谁拉我，我就跟着拐杖转，就不会跌倒了。"

说着，他站起来，用拐杖支住地，一转一圈，又转一圈。一家人看他都觉得有些好笑。

又说了一阵儿话，白发老头子要走了，他说他是鱼日村的。

老头子和老婆婆，起身送走了白发老头子回来，他的小孙子抱住老婆婆的腿，一边说："奶奶，刚才问那位老爷爷，这样转，这样转，真好看。"他也用一根棍子，放在白发老头子转的那个洞眼里转起来。

活门的构造

老头子忽然眼睛一亮，拍手叫道："唉！唉！真高明！"他对老婆说："现在可以装上个活门了。"

老婆不相信，他又说："你看，是这样，门板一边装根棍子，再做两个挖眼的斗子，棍子能够在里面转，门不就跟着转动起来了？这样，要关就关，要开就开，就像刚才那位老人所说的那样转，真好！"老婆也说："这样行！"

第二天，他就把门装好了，确实便当得很，再做个门闩，稳打稳扎的，可以放心了。

许多人都来他家看新做的门，看了后，称赞不绝，大家都说老头子脑筋灵。

老头子说：“哪是我呀？是一个白发老人教给我的。”于是大家又问他：“白发老人是哪里来的。”

老头子说：“他自己说是鱼日村的。”人们都惊叫起来：“鱼日村，是不是鲁班爷？那白发老人一定是鲁班先师了！”人们从心眼里感激鲁班先师，老头子也说：“一定是！一定是！他给大家想出了这样好的法子。”

从那时起，人们就都装起活门了，一直用到现在。

杵臼成磨

鲁班生活的时代，人们吃面吃米都是靠杵臼来舂。杵和臼是两种物件，杵就是一根石棍，向下舂的一头打磨成圆的，臼就是把一块石头挖一个洞，就像我们现在还在使用的蒜臼子。

石磨

鲁班小时候，看着母亲用杵臼把麦子舂成面，把稻子舂成米。长大了，又是妻子来干这个活。他就觉得这样太劳累了，他发明了锯、刨子、墨斗，可就是没找到改变杵臼的办法。

一天，鲁班干活回来，看见邻居家的

主妇蹲在院子里，双手抱着一块石头，在臼里又挤又磨，很是费劲。

他好奇地问：“大嫂，你怎么不用杵臼春呀？那样还省劲些。”

主妇说：“石臼已经破了，用杵一春，粮食都跑到外头来了。”

磨脐的构造

鲁班仔细一看，主妇手中的石头很粗糙，在它的挤磨下，臼里的麦子变成了面。鲁班心里一激灵，脑子里突然冒出一个想法：要是两块石头摞在一起，中间放上麦子，两块石头一挤，麦子不就变成面了吗？鲁班高兴地喊起来：“有办法了！有办法了！”

他家也不回了，找了两块石头，打成圆形磨盘，在磨盘的表面上凿出一道道齿槽，上边的磨盘凿一个孔往里顺粮食，上下两块石头合起来，可是一转动上边的石头就跑了，无法稳定运转。

鲁班又想出一个办法，他在下边的石头中间留了一个凸起的石橛，上边的石头凿了一个孔，把石橛子插在孔中，这样就把上边的石块固定住。

后来人们把这个石橛子称作磨脐。鲁班试了一下，转动磨盘很费劲。于是，他又在上边的磨盘边上凿了一个孔，插进一根木棍，转起来就省劲多了。

就这样第一盘石磨就发明出来了。

一天，鲁班带着徒弟们在外出干活，到了吃饭的时候，鲁班的妻子还没送饭来，鲁班就派一个徒弟回去催饭。

徒弟跑回师父家，见师娘还没做饭呢，就说：“师娘，师父催饭哩！”师娘说：“磨脐子断了，没法磨面了。”

徒弟搬开上合的磨盘一看，下合磨盘中间凸起的磨脐断了，一推，

石磨

磨盘就跑了，当然磨不成面了。这个徒弟急坏了，他怕晚了饭，耽误了干活，师父发脾气骂人。

灵机一动，在石轴的地方往下凿了一个眼，砍了一根木棍插进去。对师娘说："师娘，修好了，快磨面吧，要不师父要骂俺了。"

鲁班的妻子一推磨，这比原来更好用了。原来底下的磨脐并不贯穿上合磨盘的全部，推起磨来还是有些晃，现在这根木棍自上到下把磨盘都固定住了，更好用了。

鲁班徒弟的灵机一动，使石磨的功能更加完善了。

鲁班砍树

古时候，鲁班上山取木料修房子，由于那时候他还没开始教徒弟，只有他一个人，每件事都要自己一脚一手做。

他觉得一个人做事情很慢，就想了个办法，用木头雕成人样子，用法术就能像真人一样做事，只是说不成话。

一天中午，鲁班的妻子叫儿子给父亲送中午饭去，鲁班的儿子提着饭到山上一望，发现到处都是人在砍树，而且个个都跟自己父亲一样，但他喊父亲的时候，这个不答应，那个也不答应。

为什么真的鲁班也不答应呢？原来他使用这种法术没人晓得，别人一喊，要是答应了的话，今后就不灵了。

鲁班的妻子很奇怪，害怕自己的丈夫出了什么问题。便想了一个办法：她一个个地试探，先是喊一句“鲁班”，然后就挠他的腋窝，使其有所反应。

她一个个试探下去，那些假鲁班都是木头做的，无论怎么挠，都没有半点反应。

终于到了真鲁班那里了，妻子喊了句“鲁班”，然后就伸手去挠。真鲁班受不了，“喂”了一声。

这一下，法术不灵了，假鲁班纷纷化成了木头，再也不能给鲁班砍树了。鲁班朝妻子一通埋怨，妻子后悔不已，连连认错。

鲁班山

迷你知识卡

石磨

用于把米、麦、豆等粮食加工成粉、浆的一种机械。

通常由两个圆石做成。磨是平面的两层，两层的接合处都有纹理，粮食从上方的孔进入两层中间，沿着纹理向外运移，在滚动过两层面时被磨碎，形成粉末。

第七章 鲁班是中国古代匠人的楷模

木匠闭左眼睁右眼的传说

民间传说，赵州桥是鲁班修的，他把桥修好后就去踩桥。他到处宣扬自己修的桥是如何如何的牢固。

这话就被张果老和财神爷听到了。

他们感觉鲁班有些狂妄，就说：“哼，既然鲁班喜欢吹牛，我们就把我们的东西带起从桥上过路，看他修的桥到底能不能承受。

于是，他们就开始施法，把华山、泰山、衡山、黄山移来，缩小后放在一架胶轮车上，让一匹小驴子拖着，向鲁班修的桥上走去。

恰好这天鲁班正在赵州桥，张果老和财神爷对鲁班说：“鲁班，你的桥修好了吗？”鲁班说：“修好了。”他们又说：“既然修好了那我们想过去，不晓得这桥是不是承受得起。“

鲁班一看是两个人和一辆小驴子拖的胶轮车，就说：“没问题，过就是。”他们又说：“把桥压垮了莫怪我们哦。”鲁班说：“你们压不垮，没事。”

于是，他们就吆喝小驴子往桥上去，小驴子的脚刚踏上一只，桥上就留下了脚印，继续走，桥开始摇晃，胶轮车也留下车轮印子。鲁班一看不对劲，桥柱要往下垮，他就慌忙来到桥下，伸出双手撑起，让张果老和财神爷过路。

他们一过桥，桥都被压得萎缩了，但是，桥比以前更结实了。赵州桥到现在都还留有驴蹄印和胶轮印，桥也有点偏。

鲁班等他们走后，非常后悔，觉得自己不该说大话。他说："我鲁班有眼不识泰山，是张果老和财神爷他们，我怎么都没认得出来哟！"一气之下就把自己的左眼挖了。

后来，他给别人做木活就只能用右眼看了。现在这些木匠都是鲁班的再传弟子，为了纪念鲁班，在做木活的时候就闭着左眼睁着右眼看。

拱形石桥

灵框的来历

从前，鲁班是专门修高架子房屋的，修起了以后又不给别人盖顶，时间长了，雨一淋房子就慢慢烂了。

鲁班的妻子看到房子没有顶，住在房子里头的人很受罪，她就想做一种东西来盖房顶。于是她天天用泥巴捏成桶子拿来晒干，但是，用手一掰就成了细块。她就对鲁班说：“你天天给人家做房子，你给我做一个瓦桶子，我用来做瓦。”

鲁班便给她做了一个，鲁班的妻子就用泥巴糊在上面，但是没有瓦衣布，泥巴糊上去了又取不下来。鲁班给她想了办法，叫她用剪刀剪了一个衣袖，拿来笼在瓦桶子上，泥巴糊一转后拿下来当中划破，就成了两块。

这样做了还不行，她嫌太慢了，一天做来不够使，她就用粽梗子在瓦桶上均匀钉了四根，车一转下来就有了四块。这样，鲁班修的房子就拿瓦来盖顶了。

鲁班的妹妹看到鲁班给别人修房子，嫂嫂用瓦盖房子，自己没得事情做，她就想学做房子。她去砍一些泡刺杆做成房子的架子，用剪刀剪一些花纸，把这些纸糊在架子上面，看起来很好看。

她把房子搬到大门口去做，“房子”插好做起，还有背后窗子没糊，鲁班就回来了。

妹妹请他哥哥来看，鲁班看后很生气，说：“你不在家里专心绣花，做这些闲事，这个拿来做哪样都要不得，怕拿来

拿瓦盖顶的房子

哄鬼还差不多。”

后来，鲁班仔细看了看这个纸糊的房子，越看越觉得还可以，他就想把这个东西传下去。但是自己刚才说过“拿来哄鬼还差不多”的话，鲁班就决定把这个纸糊的房子拿来做死人的房子。

现在农村办丧事扎的椂就是这样来的。为了纪念鲁班的妹妹，现在的师傅做椂的时候，主人要给他们封红包，然后才糊后面的框框，做好椂。

鲁班的传说——石婆婆

鲁班的爹爹公输贤，是鲁家湾一带有名的老石匠，如今年纪大了，腿脚不便，不能陪儿子上山。鲁班的母亲吴氏，见儿子头回带徒弟上山，放心不下，走出大门，送了又送。

鲁家湾畔的垂柳，叶子都黄了，西北风一刮，落了一地。“儿啊……”吴氏叫住了鲁班说，“你看树叶黄了，天凉了，人家这些娃娃，没出过远门，山上风大，窝铺里冷，你可要照看他们白天吃好，晚上睡好。”“娘放心，儿记下了。”鲁班说着又往回送了送母亲。

打石头的活苦。夏天日晒，锤是热的，斫子是热的，石头也是热的，摸摸哪都烫人；冬天风寒，锤是凉的，斫子是凉的，石头也是凉的，碰碰哪里都冰手。

娘说对了。别看这些徒弟一个个长得都跟水葱似的，三天下来，都蔫巴了。

白天还好说，一到夜晚，站到高处往四下里一看，天黑得没边，伸手不见五指。明明是山风吼，他们硬说是狼嚎。越听越用被子蒙头，越蒙头越憋得睡不着觉。

鲁班无奈，只好把自己的铺盖从窝铺门里挪到窝铺门外，严严实实地把个门把住，徒弟们还是睡不踏实。

鲁班没辙了，天明满山转圈子。

灵山石灵。天上飞的，地上跑的，什么长相都有。鲁班寻来两个酷似狮子的大石头，一边一个，把守在窝铺门两旁。“一狮降百虎”，狼就会吓得不敢来了。徒弟们一看有威风凛凛的狮子镇守值夜，这才有了笑脸。

后来割草的、打柴的上山来看见了，觉得很好玩，就都踅摸上一对象形的，带下山去放在自家大门口。再后来，官府的见了，觉得只有衙门里才配用狮子把门，于是就派石匠专门精雕细刻成龇牙咧嘴的狮子，把原本鲁班给徒弟吓狼用的东西改成了专门显摆唬人的玩艺儿。

狮子把门没安生几天，窝铺里又不肃静了。徒弟们一上床就翻打滚，大睁两眼睡不着。鲁班问：“怎么了？”徒弟答：“想家。”鲁班又问：“想家里的什么？”这个说：“我在家放牛，想牛。”那个说，“我在家放羊，想羊。”一个个说着说着，娃娃腔里掺上了哭腔。

鲁班一听就明白了，什么想牛想羊，分明是想娘。当初自己上钟南山学艺时，也是这样，看见个过路的老太太，就觉着是自己的亲娘来了。

一天到晚嘴上说是想家，心里想的是娘。鲁班越想心越软，想开口放徒弟们回趟家，转心又一想：不成，安不下心就学不成艺。才上山三天半，什么活也没学到手，让他们回家见到老人怎么说。

鲁班把自己的想法一说，徒弟们都不怎么高兴了。

鲁班说：“这样吧，灵山灵就灵在你想什么它有什么，你们都上山去找找，凡是见有长相像娘的婆婆石，就请过来放到各人床头前。”

徒弟们照鲁班的话去做了。不到半天的功夫，各人都按各人心中的“娘”，找到了一块灵石，恭恭敬敬地供奉在自己床前。起初，心里还都不太认可，可日子一长，就越看越像自己的娘。

娘化千愁。娘看着干活，再累也不觉得累；娘看着吃饭，越吃越想吃；娘看着睡觉，天寒不知冷。从此，窝铺里的长夜，充满了香甜的鼾声，半夜醒来的也都是在娘怀里笑的。

冬去春来，鸟语花香，徒弟们学成出师了。拜谢过恩师，没等鲁班说什么，下山时各人悄悄地背走了各人的“娘”。

班门弟子走天下，哪里开山哪里有他们，哪里架桥哪里有他们，哪里砌墙上梁哪里有他们。因为班门弟子个个心眼好，手艺巧，所以人们破解天下的难事，都让他们担当。

一传十，十传百，百姓们终于知道了这些年来是婆婆石保佑着班门弟子个个成才的，是婆婆石守望着班门弟子个个长得人高马大的。于是，乡亲们一声吆喝拥向灵山，满山遍野地寻觅婆婆石。

村民们用大花轿抬来了婆婆石，安放在自己村口的大路旁，然后

班门弟子走天下

三拜九叩，众口高声齐尊："石婆婆！"

石婆婆守望田野，风调雨顺，天下太平。打鱼的天天鱼虾满舱，种地的年年五谷丰登；男娶女嫁的，百年合好；生儿育女的，成龙成凤；就连许多漂泊流浪、没名没姓、没家可归的孤儿，随了石婆婆的姓，叫石娃子、石伢子，也觉得有了根。

石婆婆默默无语，谁行善，她清清楚楚；谁作恶，她心知肚明。

一恶棍横行乡里，害怕石婆婆显灵严惩，黑夜里抡起大锤，朝石婆婆拦腰砸去，登时崩瞎了两眼，他没敢吭声；一痞子跑到石婆婆跟前便溺，转身跌断了双腿，他爬都爬不成。

石婆婆伫立村头，犹似倚门眺望盼游子还乡的老母。每当人们从她身边经过时，不由得脚步放轻，热血沸腾，仿佛面前出现的是自己的"亲亲高堂"。

天长日久，“石婆婆”成了百姓公认的“干娘”。

一代一代，先人传留下来了“认干娘”的民间习俗。

“婆婆石”成了“石婆婆”，人们感念“百工圣祖”鲁班的圣明；认“石婆婆”为“干娘”，人们感恩母爱无涯的神灵。

鲁班石的来历

相传很多很多前，赤水河有一财主，欲修一座石桥，一来方便他和他的长工来赤水河对岸做工和收租；二来落得一个好名声，减少别人对他的谩骂。

修桥的工程很大，石匠人员也很多，包括了赤水河一千多公里上下知名石匠之人，而那些石匠都彼此瞧不起，谁也不服谁的手艺。或许这就是同行相轻吧。

赤水河河畔鲁班石

因为那座桥修了好几年仍未修完，再加上修桥的功德，感动了上天玉帝，就让天上神仙下凡看看，有什么可以帮忙的，鲁班是百艺师之神，他是必须下凡界看望那些艺人的鲁班石。

鲁班化装成一个老石匠，又穷又老，他背着几根錾子，錾子还很秃。他在人群中走来走去，选择一块如意之石。别人也不知道他要什么，也没有人认识他。因为他在那群人中没有知名度，并且人又老又丑。那些人赶他走，他很生气，决定惩罚这些人。

鲁班抱走了一块石头，在建赤水桥附近打他自己的石头。有一个好心的老农，就与鲁班攀谈起来，说建好赤水大桥，为赤水河两岸的人们劳动，带来很多方便。

老农还给鲁班很多茶水喝，给他饭吃，给他讲赤水河民间故事。鲁班被老农所感动，决定帮帮老农，为他儿孙置些田地。

鲁班不再为赤水河畔建赤水大桥而努力，他把那块石头，敲打成民间常用来舂米用的石沙坑，做好之后他送给老农，并且告诉他，要用 100 亩良田才能换。多了或者少了都不能换。

鲁班走了之后，老农用那石沙坑舂米，并且越舂越多，有吃不完的大米。消息一传十，十传百，很快传到财主那里。财主也想拥有它，那些石匠手艺人更想拥有它。

可老农说过，要一百亩良田才能卖。可谁有一百亩良田呢？当然财主是不愿拿一百亩良田来换的。

赤水河畔财主建的赤水大桥，很快要完工了，可就是找不到最后一块合适的石头，要么石头过大，要么过小。

当找到老农的那个舂米的沙坑来填补石桥拱时。刚好卡好，并且十分合适，还发生了意想不到的事，各个部位的受力发生了变化，而那块石头却再也拿不出来。老农出让那块石头的条件是用一百亩良田来置换。如今被那群石匠搜去修建赤水大桥，他们也只能按老农的条件办事。

财主知道了这件事，就找老农商量，要老农找出那个制舂米沙坑之人。可老农说他只知道那个人叫鲁班，也不知他来自何处，如今去了什么地方更是不知道。

这时很多手艺人才知道，那是百艺师之师下凡，人们得罪了他，才造舂米沙坑惩罚那些人，而那些人也愿接受鲁班和财主惩罚，愿不要工钱，建好赤水河畔的赤水大桥，作为留给赤水河两岸人民的礼物。

财主给了老农一百亩良田，才有赤水河畔的赤水大桥完整。而老农有了一百亩良田，他就成了地主，过上了好生活。那些石匠手艺后生，更加敬重鲁班神仙，也很敬重那位善良而很有智慧的老农。如今赤水河畔，也有不少鲁班神像。

鲁班鲁雕梁

赤水河畔有了赤水大桥，生活在两岸的人民生活有了改善。而那位拥有一百亩良田的老农，做了地主之后，他的本性没有改变。

他有了钱和粮之后，常常接济贫困人，还捐资不少银子和粮食建立学堂和祠堂，当然少不了神庙，保一方庄稼风调雨顺，百姓安康。

老百姓有了钱，就想建些房，为后人造些福。那时赤水河边的房子，都是用木头建的木头房，他们都建成吊脚楼式的房子。方便养畜生和防御野兽进攻人类。也许，今天留在赤水河边的吊脚楼，还真是那个时候留传下来的呢！

赤水河畔的老百姓，生活很容易得到满足。有恩就报，有仇也会还。他们建的神庙，天上玉帝都知道，并且好多神都跟着鲁班沾光呢——他们神位的香火很旺。

天上的神仙也是凡人修行后才成仙的，依旧脱不了凡人好多本性。当然鲁班也不例外，他享受着人间的香火，也要努力为那里民间办事，为那里的建设出力和贡献智慧。

有一天，他化装成一个好酒贪杯之人，到处骗吃骗喝，他在试探那里的人心肠是否变坏，可那里的人良心好，不怕坏人骗吃骗喝，因为那里人知道人不可貌相，海水不可斗量，何况有鲁班石为证呢，赤水大桥上的鲁班石见证一个好心人会有好报！

鲁班化装成骗吃骗喝之人，骗了好多人的饭菜和

石雕

酒。他觉得过意不去，想真心诚意为那里人办几件实事。于是他就与那里的人多交流，而那里的人也把他当作知心朋友，有什么心事就和他说。

酒是穿肠毒药，喝了酒之人，都会吐出心中真话，当然很多人把它当醉话、胡话、不值一信。被当作知心朋友的鲁班，把那些人的好话和坏话、真话和假话，都一一听进耳里，记在心里。

有一个木匠，找鲁班喝酒，也许是同行，话就多了起来。

鲁班知道木匠遇上麻烦事，他建的赤水河边太平寺寺庙的梁棒木柴短了，他正为此事而苦恼，鲁班决心帮帮他。

鲁班说他想吃龙肉，他说龙肉下酒，酒喝起来特别有味道。可凡间哪有龙肉吃啊！并且龙肉岂是凡人吃的吗？

鲁班告诉那个木匠，若没有真龙肉，就用麦面做成龙形状的糕点，但龙要做成空中腾飞之势，而酒一定要用赤水河畔的名酒。众人都可以信任的酒，也许是如今众信集团众信酒的前身，当然这是后话，我暂且不表。

有了假龙肉——腾飞之龙的糕点，但那种让众人都想喝的众信酒，就得去赤水河边的顺河酒坊才能买到，当那个木匠买来酒之后，鲁班化装的老人早已走了，留下的是几条糕点之龙在碗中，口里都塞有筷子，用两条龙抬着。木匠一下子就明白了，房梁短了，雕龙抬着，它把房梁棒放在龙嘴了，并且还在梁棒上雕了不少凤凰图案。

本来那木匠因为下短了房梁棒，遭来杀身之祸，现在却因房梁棒上有了龙和凤的吉祥物，从而给他带来好运，那是鲁班暗中帮助的结果。

太平寺寺庙建筑，因有了仙家所制龙凤呈祥之物，太平寺远近几千里香火不断，就连皇帝也慕名而来烧香还愿。很多人都想请木匠建房，目的只有一个，希望梁棒上有龙凤呈祥之物。

木匠手艺一好，就收了不少徒弟，都冲着那龙凤呈祥之物的手艺而来，但因为他们心术不正，他们后来建成的都是普通民房，没有太平寺寺庙那么有仙家灵气。

后来，那边木匠，就增加了鲁班画像的锦旗，挂在龙凤呈祥的梁棒上拉上去，并且要吆喝赤水河边抬石头或拉纤船夫的号子，呀喝呀喝的吆喝声，并且要敬梁棒，用玉米或高粱或糯米制成粑，散发给帮忙之人，或从梁顶上往下撒，打发那些小妖怪，要他们鬼怪让路和帮忙上梁棒，并且要放鞭炮，当然那时是烧慈竹爆破代替，那种上房梁棒之风俗，一直流传至今，这种风俗一直与鲁班传说有关。

赤水河边的古建筑，包括寺庙和祠堂，如今都能找到鲁班鲁雕梁的龙凤呈祥之物。它一直融进赤水河儿女内心深处，它同赤水河一样古老和悠久。故赤水河它就是一条文化内涵很深的河！

古太平桥传说

道光二十八年六月初二，牛庄商会会长魏天龙，鸡刚叫就起了床，因为这天是镇子里海城河上修建永久性石桥的日子。

从家里向东走不到百米就到河边了，望着两岸堆积如山的青石条石，魏天龙知道自己和伙伴多年的夙愿就要实现了。

观音寺的观音

魏天龙出身商人世家，祖居观音寺路南，十六岁在广丰号学徒，二十八岁自创广源号商行，道光二十二年被选为牛庄商会会长。

当时，牛庄港口兴旺，商业发达，镇内有字号的商家就达二百多家，上港的货物和从外轮上卸下的货物成千上百吨。

靠河上当时破旧的木桥走兵过货，简直苦不堪言，修一座像样的大桥连接两岸，是商家的心愿也是全城百姓所望。

现在，这个愿望就要实现了，一座宽大结实、造型别致的大桥——太平桥就要诞生了。为什么叫太平桥呢？原来海城河流经牛庄时一分为二，绕城而过。

每到洪水期间，往往深受其害。老百姓有民谣说龙王庙成，海城河宁；彩虹压浪，天下太平。

为此，老百姓在河东修起了龙王庙，又在庙前修了一座镇河碑，现在形似彩虹的大桥生根两岸，那真是天下太平了。

这也是把座桥定名太平桥的来历。凡是到过牛庄欣赏太平桥，浏览那些狮、猴、桃、石榴的时候，无不对桥面铺装、榫卯的结合，特别是横锁桥面的墩台帽石设施深感惊讶和赞叹。

墩台帽石帽高出梁底三寸多高，把桥面纵向条型石梁和桥石紧锁在帽石之内，保住了石桥的横向稳定。

桥墩石立向打眼，串铁铸铅，上下浑然一体，这也是大地震使这座石桥依然丝毫无损的最重要原因。

传说，在修建太平桥时，工地上石匠和工人上百名，两岸青石堆积如山，毛料遍地皆是。有一天，不知从哪里来了一个满头白发，面容清瘦的老石匠，他衣着破旧，发丝蓬松，光着脚穿着一双傻鞋，在建桥工地上左量又看，选了一块大石头，边凿边净，一天不言不语，大家觉得奇怪，问他凿这块石头有什么用？他说一座石桥好造，桥心石难找。

大家看他年纪太大，说话奇怪，也就不再问他了。这个奇怪老汉，像其他石匠一样，早上开工到现场，晚上收工就走人，一个人在附近一个农家找宿住下。

就这样，老汉天天凿石不止，最后把这块石头凿成圆不圆，方不方之状。眼看石桥开始架梁铺面了，这个老汉把凿好的石头运到他住宿的房东院内，告诉房东：我在你家住了这么多天，现在要走了，这块不起眼的石头将来能派上大用场，就留给你啦。说完，告别而去。

太平桥架石梁时，工程进展还算顺利，到铺桥面时，挤来挤去，桥中间却出现了空隙，大家费了九牛二虎之力就是装不上桥面。

魏天龙会长说：谁能把桥心石铺妥，赏大洋一百块。站在旁边看热闹的人们拿各种各样的石条也装不上榫，对不上卯。

大家急的要命，在这个节骨眼上，房东想起了怪老汉留下的那块石头，忙跑回家去，找人抬来，往上一放，一丝不差，严丝合缝；这时桥面才严严实实，平平整整地铺好了。

到此人们才恍然大悟，原来是鲁班爷显灵，献了绝技，太平桥才大功告成。

难怪，在法国人修牛庄天主教堂的时候，站在教堂顶上向四面一看，太平桥稍稍高于教堂。为什么桥比教堂高，就因为桥是鲁班爷造，是我们中国人自己的东西。

鲁班不姓“鲁”

书本上说的：鲁班复姓公输。历代称公输盘、公输般、公输子的都有。古时候般、盘、班通用，“子”则是尊称，是先生、老师的意思。

春秋战国的时候，鲁国的中心在曲阜。往南三四十公里的今日滕州，也有一阵子属于鲁国。这样，一个鲁国管地叫“班”的木匠，就被众人叫成“鲁班”了。但当地人的说法更具体更在理。

据说鲁班家住滕州城西鲁寨。鲁寨村早年叫鲁家营，不光有姓“鲁”的，古时候，手艺人出门走江湖，也跟现在兄弟爷们外出打工一样，结伙成群，一班一班的。

王寨村的叫“王寨班”，张寨村的叫“张寨班”，鲁寨村的就叫“鲁寨班”了。后来简化成“王班”、“张班”“鲁班”，班有“班头”的意思。

当地还有这样一个传说：“张寨班”有一个叫张三的徒弟，为人心术不正，干活时专挑烂心木给师傅用。

鲁班把烂的剔掉，朽木变成了凤凰，从此世上有了木雕艺术。后人骂“打谢师锤”的张三，说他是狼托生的。至今，灵山界内的乡亲们，吓唬孩子时不说“狼来了”，还是喊“张三来了！”

历朝历代的人王地主，以及专靠要笔杆子吃饭的人，拿七行八作的匠人当“贱流”看，所以“鲁班虽巧”，却没有可供后人纪念的墓碑坟茔，留下来的只有万古不灭的“口碑”。不过在解放前，鲁寨的寨前河上架着一座龙头凤尾称叫“班桥”的大石桥；寨内，有曾经屋明瓦亮的“班里”；寨北，有香烟缭绕的“班庙”。

鲁寨“三班”，虽历经沧桑不复存在，但从鲁班后人留下的“工匠院”院门上，仍可见结构的奇巧，石刻的精美，非圣祖故里、名匠真传的建筑之乡，不会有这样的东西留下来。

匠人们过“寿诞节”

“圣诞节”，人人都知道，但给鲁班爷过“寿诞节”，不是匠人行里就不大清楚了。“寿诞”本指诞辰，鲁班生在农历五月初五，走在五月初五，生卒同日，既是寿终，又是诞辰，因此叫“寿诞节”再确切不过了。

青竹

每到这一天，全家人就把院中的香台搭建成庙式的天棚。棚外插满了青竹松枝，棚内供奉着“鲁班祖师爷之神位”的灵牌，牌前摆放着活鸡活鱼、整猪整羊之类的祭品。

棚门两侧排列着鲁班爷造的锛凿斧锯，擦得锃亮，用红绸包裹着，当供品陈列。待东方欲晓烧纸放鞭时，举家长幼有序，轮番把酒上香，然后匍匐在地面的大红席上，行跪拜大礼，祈求鲁班爷佑护国富民强，阖家平安。

也只有在鲁班的老家，才能有以这种过大年的隆重方式，纪念鲁班的民俗。可惜这一敬祖尊师的宝贵传统，在四十年前的一场历史浩劫中，被当作牛鬼蛇神横扫掉了。

“大煎饼”源于“滕小国”

千百年来“煎饼卷大葱”，始终是滕州人的风味传统名吃。“大煎饼”为什么会源于滕州呢？做煎饼离不开磨，这要从鲁班爷造磨说起。

石磨出现之前，人们对粮食的深加工，几乎无能为力。

薯类烧着吃，豆类烤着吃，高粱整穗整穗地煮着吃。鲁班先发明的碌碡，解决了谷物的脱粒问题，碌碡抬到圆石盘上成了碾，又解决了粮食的脱壳脱皮问题。看到反刍的老牛咀嚼出的满口白沫，鲁班又发明了两石互磨的第一盘石磨。

碌碡

石磨飞转，添进去的是一勺一勺的麦粒，磨出来的是雪白雪白的面粉。

面粉加水一和，揉巴揉巴成了团，团巴团巴成了馍，切巴切巴成了面条，包巴包巴成了水饺，烙巴烙巴成了大煎饼。石磨的出现，带来了粮食加工的大革命，把人类一下子推进了“食不厌精，脍不厌细”的文明。

并非是石皆可为磨。石磨的取材，唯以滕州城北二十里的龙山砂石最佳。现在龙阳镇龙山村前小河旁的一块叫“百家石”的地段，相传就是当年鲁班率领“百家石匠”造石磨的地方。

“班门弄斧”与班门教子的“菜豆腐”

今人说“班门弄斧”是指在行家门前卖弄本领的意思，但在滕州，“班门弄斧”则是说在鲁班爷门前登台打擂大比武，那阵势大了。

鲁班爷坐在中间，凡天南地北“踩百家门”的工匠们，要想出师，都得先登台亮相露上两手，让鲁班爷看看，够不够格。后来鲁班爷升天了，年年弄斧班门的大比武，就改成各地工匠摆摊展销杰作的鲁班庙会了。

在滕州民间，跟鲁班爷有关的吃食，除“煎饼”以外，还有老辈流传下来的菜豆腐。

菜豆腐又名小豆腐，做法很简单，几把青菜叶，一把黄豆瓣，外撒一撮食盐煮制而成。据说，这也是鲁班爷留下的吃法，行话又叫“师傅饭”。

相传鲁班爷 66 岁得子，99 岁寿终。老年喜生贵子，更望儿子成材，继承父业。可那小兄弟竟属于“老子置地儿享福”的坐享其成之辈，拉锯下线，锛木头砍腿，打个板凳还三翘脚。

鲁班爷急了，把多半辈子磨秃的钻，用钝的斧，都挂在儿子的床前，还一日三餐亲自下厨给他专做菜豆腐吃。都说“青菜配黄豆，强似鱼和肉”，不到一年，小伙子长高了，还长了心眼。父亲的十八般武艺他都学到了手，并传给后人集结成了《鲁班传》《鲁班书》，发扬光大了“公输功业”。

后世工匠们，不忘“班门教子”的家风，每当收徒时，就仿效祖师爷的做法，先熬一锅菜豆腐让徒弟吃吃。

但当师傅们百年辞世时，徒弟们为了感念师傅的师德人品，就聚在一起，喝顿“豆腐汤”，喻示师傅的一生清白。

世事沿革。如今“菜豆腐”已被世人赋予忆苦励志的寓意，走上了餐桌；喝“豆腐汤”也演变成了滕州人悼念送别先人行动的专用聚餐词语。

鲁班与中庙的传说

碧波荡漾的巢湖岸边凤凰台上，有座闻名遐迩的中庙。千百年来，当四方游人来此览胜时，总是先到庙内观赏那屋上的栋梁。

据说，游人无意中会发现正梁的一头短缺一截，悬空而架。而幸运的游客，还会发现正梁八底架上嵌着一把木柄铁斧呢!

传说很久以前，巢州一带妖孽兴起，惹得上帝下令小白龙陷州为湖。而小白龙为谢焦姥母女的救命之恩，预先托梦给焦姥伺机逃命。

好心的焦姥到处报信泄露了天机，终于惹得神圣发怒，在陷湖洪波中母女俩葬身水底，变成了高耸湖面的姥山和姑山。

为了纪念焦姥母女，百姓便在凤凰台上营造中庙。可这个消息却让一个漏网的妖孽知道了，它变成一只老鼠，藏在正梁八底架的榫眼里。

每当中庙架梁铺顶之时，它便移动榫头，使整个庙宇倒梁磕柱，顷刻瓦解。这样一而再，再而三，屡次庙建不成。百姓们为此劳心伤财，十分苦恼。他们到处聘请能工巧匠，也想不出好办法。

这一天，又到了架梁的日子。工匠们正在犯愁架梁不成，忽然从远处的湖面上，飘过来一只破木船，船头上站着个穷汉子。

他衣衫褴褛，只是在腰后别着一把木柄铁斧闪闪发亮。他一上岸，就径直走到工地上，看一眼正在架设的庙梁，摇摇头，喃喃地说：“要

架梁，也不怕，只须斧头朝上砍。”

接着又笑道：“天下事，我见过，要想架梁得找我！”正在架梁的大师傅哭笑不得，半信半疑说：“你既然说大话，不妨你来试试吧！”

恰巧就在这时，妖孽又开始兴风作浪，一阵狂风过后，刚架上的屋梁吱吱作响，眼看又要倒塌下来。说时迟那时快，只见那穷汉将腰中的斧头抽出，“嗖”的一声，往屋梁上砍去，不偏不倚，正巧剁在正梁的榫头上。

正梁连晃了三下，“嘎”的一声响动，正要架稳，不想汉子用力过猛，梁头被切断了一截。

眼看梁架就要倒下来，只见他顺手接过从空中落下的斧头，“唰”的一声又向上剁去。又是一声响，那正梁晃过三晃，便稳稳当当地架上了。

原来那铁柄斧头正巧落在八底架上与梁榫接头的地方，把断去的一截梁头接上。与此同时，一只被剁去头脚的小老鼠从梁头上滚落下来，摔血肉模糊。

盼望已久的中庙终于造好了，工匠们纷纷向那位穷汉道谢。百姓们闻讯也从四面八方赶来祝贺。直到这时，大家才知道这位神通广大的陌生人不是别人，正是神匠鲁班。

迷你知识卡

榫头

指器物两分利用凹凸相接的凸出的部分。

剡木入窍也。俗谓之“榫头”。亦作“笋头”。枘 木端之入孔处，即榫舌，见“榫舌”。

中国古代木艺大多采用榫接方式，其中廊桥不用一钉一铆就是采用榫接。

第八章

说不完道不尽的鲁班传说

赤水河畔的梧桐树传说

栽好梧桐树。好引金凤凰。赤水河两岸也有好多梧桐树，一到花开，一河两岸的梧桐树花，甚是好看。

2 500 多年前，鲁班在赤水河畔修建好了双凤台寺庙，可那寺庙后来并没有给赤水河畔人民带来安康的生活，那是赤水河畔之人没有意料到的事。

鲁班建了双凤台寺庙镇压了那两只私自下凡的凤凰，心里很不是滋味，就在赤水河畔栽了好多梧桐树，欲引来金凤凰，弥补赤水河两岸人民的意愿。

赤水河畔有了鲁班栽的梧桐树之后，好多金凤凰都想那里安家，可双凤台的传说，天庭地狱以及凡间三界都知晓，来赤水河畔的凤凰没有好下场，故有了梧桐树，没有金凤凰来安家。

也有人说鲁班栽的不是梧桐树，那是梧桐树的变种，是桐子树，赤水河畔也曾有过好多梧桐树，自从那天庭两只凤凰私自下凡到赤水河畔你双凤台的梧桐树之后，玉帝十分生气，就派天兵天将到赤水河畔，把所有梧桐树都砍掉，以免还有其他凤凰私自下凡到赤水河畔的梧桐树上安家，这一点，与玉帝的懒人施政有关系，砍了梧桐树，凤凰就不会私自下凡，到梧桐树上安家，后来好多人都学玉帝，就砍掉乌鸦站的树，树林没了，山神就闹了起来，就指着玉帝管理能力有限，治标不治本，后来山神就没有上天庭的职权！

“嫁人要嫁家有梧桐树，丫枝要有黄桶粗，拉尿也要有银壶壶”。有梧桐树的家，就会有金凤凰来安家，也会让出嫁女富上加富。

故赤水河畔有梧桐树的家庭，不会单身汉，那些美女都争着嫁给他们呢，为此，赤水河畔的梧桐树越来越多，多到无法想象具体有多少棵梧桐树。

梧桐树

赤水河畔的梧桐树，经历了2 500多年的风雨往昔，虽有些改变它们的命运，也不可能引来金凤凰，但他们依旧伟岸地活着，见证让赤水河儿女的古今喜怒哀乐！它是鲁班在赤水河畔修建双凤台寺庙的活化石，同时也是战国赤水河鲁班文化的见证。

鲁班与朽木可雕的故事

相传2 500多年前的赤水河，鲁班受观音大士所托，在赤水河畔建双凤台寺庙镇压天庭两只私下凡间赤水河双凤台，并私配夫妻过凡人生活，触犯天条，被玉帝惩罚永不能回天庭。

鲁班在赤水河畔建双凤台寺庙，大部分木材都是从赤水河运来的，经过河水长期浸泡，好多良木就变成了朽木，并且朽木生灵芝。

观音像

鲁班是一个善良之人，他知道伐木和运木材都花了大量的人力和物力，他不可能再做劳民伤财之事，再去伐木运木，不用那些朽木。

用朽木造双凤台寺庙，那是鲁班在赤水河畔建双凤台寺庙功劳之外的功绩，他鼓励赤水河儿女2 500多年来的自强不息，朽木也可雕的自信自强，讴歌了赤水河女一代一代朽木可雕的传奇故事。

鲁班认为朽木是可雕的，看用在双凤台寺庙什么位置。鲁班叫那些工匠和徒弟，都把那些朽木，雕刻成龙成凤，或赤水河畔劳动人民生活情景画，或财主剥削老百姓的场景，那些工匠大部分都来自赤水河，他们把爱和恨，都雕刻在那些朽木上，从而达到宣扬和发泄，不过双凤台寺庙是仙家之物，那些被恨或被爱的图案，他们是不敢去破坏的。

鲁班把那些朽木雕刻成画卷，也是将材尽用，用在合适的地方，朽木也可以发挥良木的作用，这也是鲁班没有想到的事，也没有刻意去想这事，因为他只是一个木匠，一个能工巧匠。

观音大士来赤水河畔，看鲁班修建双凤台寺庙进展时，看见鲁班师徒把朽木雕刻成画卷，这事感动观音大士，并且观音大士说她要禀告玉帝，要奖赏和推广鲁班朽木可雕的故事。

也许是观音大士对鲁班的偏爱，也许是鲁班对朽木可雕的故事的平淡，不想让观音大士去玉帝那里邀功，也更是观音大士的多事，有人说观音大士想鲁班加快修建双凤台寺庙进度，她想得到玉帝的肯定。

更有人说观音大士，因鲁班在赤水河畔建双凤台寺庙，接触多了鲁班这个人，很喜欢鲁班这个人，后来因为私欲才渡鲁班为仙。

鲁班建好了赤水河畔的双凤台寺庙，玉帝很满意，观音大士也做了一个顺水人情，就渡了鲁班成仙，同时也给鲁班的朽木可雕的故事有了交待。

鲁班上了天成了仙，他也没有忘记赤水河畔的民间工匠，也常来赤水河畔叙旧，那里的能工巧匠也知道朽木可雕的故事，因为他们中也有好多人经历过那个故事，凡人有凡人的生与死，几十年光阴一瞬

赤水河

即逝，可那里的赤水河儿女，都把民间传说与鲁班的朽木可雕故事传下来。

2 500 多年前，惹玉帝不顾自己私利买官卖官之事，也许会在三界推广鲁班的朽木可雕故事。那时，中国就进步多了，因为用对了人就会做对事！那是用人之道，朽木可雕也是同样道理！

鲁班发明“水冲磨”

一年夏天，鲁班来到当时的水磨村，看到村民加工粮食用碾、石磨，牲口拉人推，效率低下很不方便。

一日，他泛舟游览村旁的贾鲁河，船行不远，见一石坝拦住河水，便弃舟来到石坝上。石坝一侧有一个数米宽的闸门，河水从闸口飞流直下，蔚为壮观。

鲁班看着如虹而泄的河水，寻思何不利用河水的冲力来推动石磨呢？他把这个想法告诉村民，大家都说是个好主意。

说干就干，按照鲁班的设计制作，先在石坝一旁岸边开出一条水沟，安装闸门，再建一座磨房，让水沟通到磨房里，在磨房里安上改装后的石磨。

磨面时，把闸板提起，让水流冲击与石磨相连的大木轮子，木轮子再带动石磨。后来，鲁班又根据与水冲磨正好相反的应用，创造了水车。

为纪念鲁班发明“水冲磨”，村名就改为了“水磨村”。

鲁班滩上第一桥

炳灵寺石窟对面黄河南岸，有一个小村庄尕鲁坪，村前有一片半岛形河滩向黄河中凸出，这滩就叫鲁班滩。

炳灵寺一带是丝路南道和唐蕃古道重要津渡，人员往来频繁，河运紧张。但是，要渡黄河天险，得先把骆驼、马背上的东西卸下来，背到羊皮筏子上，渡过黄河后，再一件一件地将东西从羊皮筏子上取下来送到岸上。

来回数次，要折腾好几天才能渡过黄河，货沉人亡的事经常发生。在炳灵寺黄河上建桥归功一人——鲁班。

鲁班知道了这里黄河难渡的情形，他赶来先观察黄河，后上了积石山。人们白天晚上只听见山上叮叮当当地响动，但不知何人在干啥。

一天又一天，一连七七四十九天，忽见鲁班左手提神斧，右手握皮鞭，赶着一群猪和马走下山来。

迎面一脚户问道：“老哥，你赶这么多猪和马到哪里去？难道你不知道渡河难吗？”鲁班微微一笑说：“马浮黄河猪浮海，搭梯能上九重天”。

随着扬起右手的皮鞭，在空中“喀”的一声，只见从积石山上来的一群马和猪，赶下黄河后就变成了一块块石头。

这才知道鲁班要在炳灵寺黄河上架桥梁，马上行动起来，用了三年时间，建起了一座高五十丈的“天桥”，叫做“天下黄河第一桥”。

“拉木经”和“压木经”

鲁班的神灵一直活在从事建筑行业的人们心中，感谢鲁班为人类创立了许多建筑技巧方面的技术。这是讲述鲁班弟子杨山念神咒，使中梁随意变化长短的传说。

中梁

其中一段咒语是：紫金梁，紫金梁，鲁班封你做树王；今日正逢黄道日，选你做中梁。大梁定你一丈二，为何不够三寸长？

杨二杨三上前来，看你长不长。

凤尾鱼的故事

相传二千多年前，有一次鲁班师父途经鄱阳湖，看见一群船匠正在造船。船匠们见鲁班祖师来了，都非常高兴并请祖师爷一起吃饭。

船匠们端上桌子的只有白米饭和几样素菜，无鱼又无肉，有些不好意思。鲁班见大家这样热情，就对大家说，我来请大家吃鱼。

于是，他随手抓起一把刨花皮，丢入湖中，又抓了把泥沙，将刨花压沉水中，不一会，刨花全变成了刨花鱼，也就是今天的凤尾鱼。

至今，凤尾鱼的头内还留有沙粒，就是鲁班留下的遗迹。

锯好牛栏山的裂缝

传说很久以前的一年夏天，连续十昼夜的暴雨使潮白河河水水位骤增，水位涨到半山腰。河水浸泡使牛栏山从顶到底竖着开了一道缝，水咕嘟咕嘟冒出来，村里的人都着了慌。

第二天，村里突然出现一个老头，戴着一顶破草帽，担着一副小铁炉，边走边喊："锯盆锯碗锯大缸喽！"还声称不论多大的家伙都能锯。

村里有人挑衅地说："有能耐，你锯牛栏山去。"老者笑而不答，离开了。这天夜里，村中静悄悄的，也没听到老者的喊声。

却见到山顶上一片耀眼的红光，轰鸣的水声伴着叮当作响的锤声。到了天明，锤声渐渐平息，人们上山一看，牛栏山的裂缝合得严严实实，滴水不冒，从上到下锯了三个大铁钉。再找老者，已杳无人影。人们顿时明白，这是鲁班爷显圣，为民解难来了。

牛栏山

大宁河崖壁上栈道孔

沿大宁河右岸南下，至巫山龙门峡口，全程约135千米，岩壁上现存架木石孔6 800余个。与长江三峡上古栈道相比，大宁河古栈道可以说是有过之而无不及。

有关大宁河崖壁上栈道孔的来历，有一个这样的传说：鲁班爷和观音菩萨见老百姓生活艰辛，打算为人们做点善事。

两人比赛，一夜之间，鲁班要为老百姓在绝壁之上修一条路，观音要为老百姓做100双绣花鞋，谁先完成，即为胜者。

鲁班用他的角尺在绝壁上一敲，每隔5尺便敲出一个眼，速度很快。观音在天亮之前去偷看鲁班的进度，发现他快要完成，担心自己会输，便学鸡叫。

鲁班以为天亮自己已经输了，便停下手，绝壁上便余下长长一列整齐的石孔。

巫山龙门峡

迷你知识卡

栈 道

1.在险绝处傍山架木而成的一种道路。例如《战国策·齐策六》：“田单为栈道木阁而迎王与后于城阳山中。”又如杨朔《走进太阳里去》：“从成都往宝鸡去，自古是有名的栈道。”

2.飞阁间相连通的复道。《淮南子·本经训》：“大构驾，兴宫室，延楼栈道，鸡栖井干。”高诱注：“栈道，飞阁复道相通。”

第九章
鲁班精神永远值得学习与传承

圣母殿和鲁班庙

相传宋朝年间，朝廷下旨要在晋祠内修建圣母殿，殿内要摆放 43 尊塑像。限期一天天临近，工匠们还没有想出好办法，焦急万分。

有一天，一个鹤发童颜的老人来到了工地，旁若无人地摆弄工地的碎木料，只见他将这些木料左一搭，右一搭地拼接起来，竟搭起一座圣母殿模型，模型内竟没有一根柱子，将整座殿宇的受力点都放在殿四周廊柱和檐柱上。

工匠们看的兴奋万分，就按照这个模型修建圣母殿，想感谢老人的帮助，老人却走远了。后来，人们就在离圣母殿不远，建了一座鲁班庙。

圣母殿

鲁班点化掘石

朱家峪村北的文昌阁。阶、台、洞、墙、梁、框、窗、栏全部以雕刻巨石建筑，真是一座全石建筑代表作。

传说在建文昌阁时，有一个身穿破衫老头经常坐在一旁看石匠们作业。早上从哪儿来，晚上到哪儿去，谁也不知道。

有一位赵姓石匠感到很奇怪，就在老头打瞌睡的时候，用笔悄悄在他衣衫上写下了一个“赵”字。

不久，文昌阁即将竣工。但在按最后一块石头的时候，任凭石匠们怎样雕凿刻磨，总是不合适。老头看到石匠们焦急，呵呵笑了，用手指了指文昌阁前一块空地，又点了点文昌阁最后一块石头的位置。

石匠们闹不清什么意思，还是赵石匠聪明，他找来锨镢，在所指空地上挖掘起来，真的挖出一块大石头。

石匠们用铁链和木杠将石块抬上了文昌阁，安装起来竟然严丝合缝，石匠们都惊呆了。再看那老头已经不见了。

赵石匠赶紧率众石匠奔至村南山下的鲁班庙。庙内鲁班石像依旧，转至石像背后，衣衫上竟然有他手写的那个“赵”字。

春秋楼建造秘闻

曹操为笼络住关羽，要为他建造一座阁楼，召来能工巧匠，精心绘图制样。一个月过去，曹操没有看上一个图样，下令限期三天，绘制不出满意图样，定斩不饶！

工匠提心吊胆，睡不好，吃不香。可是也绘制不出满意的图样。正在为难之时，来了位老汉，自称是工匠想找活儿干。

有个工匠说：“别忙上加乱啦！”

“都在为图样发愁呢，到别处去找活去吧！”

老汉笑道：“绘图制样？我能不能帮点忙？”正没好气的工匠忙随手把图纸和笔扔给老汉。不料把沾满了墨汁的笔扔在了老汉的衣衫

春秋楼

上，老汉没说什么就走了。

转眼两天过去了，图样没绘制出来，工匠们如热锅上的蚂蚁。有人发现那天扔给老汉的图纸上写着一行小字：“带纹银五两来福禄客栈寻鲁人。”

工匠们便带着凑的银子，到城里鲁班庙附近的福禄客栈。掌柜说：“老汉已经走了。临走时交代，会有人替他交店钱，然后就把这件东西交给付钱人。”

工匠们与掌柜说话间来到老汉住过的客房，发现床上有一包袱。打开一看，原来是一截圆木料，气得往床上一扔。

发现从圆木料上掉下几片碎木片后，竟是一座阁楼模型。限期已到，几位工匠来到丞相府，把那个包袱交给曹操。

曹操打开包袱，看那巍峨楼阁模型层层四角挑悬，阁楼的每门窗都能推拉自如，真是神工鬼斧所为！

曹操为之取名叫“春秋楼”命工匠按此图样施工，不得有误。工匠们都想酬谢这位鲁人。四处打听无人知晓。

他们只好到鲁班庙烧香还愿。有人发现鲁班神像衣衫上竟沾有墨迹，恍然大悟，庆幸遇到了鲁班师爷显灵。

大面铺的由来

成都大面街道以前叫大面铺，以地处浅丘大面山得名。

传说很久以前，鲁班在山上把长松寺修好后，长脚大仙来到长松寺，见那里清静，就想留在寺内修行，又怕鲁班不干，就绕着弯提了出来。

如今的大面街

鲁班和大仙是好朋友，怕伤了和气，就提出了一个打赌的办法，他对大仙说：“我做个案板，你到成都去挑一担面粉回来。如果你挑回来我还没把案板做好，长松寺就归你，反之，归我。”

大仙心想，我几步就到成都了，还怕赢不了你？就答应了。

鲁班拿起一个铜盒，装满刨木花来压案板，刚刚压到一半时，看到长脚大仙正大步走在山脚下的一个山包上，很快就要到了，忙朝山下弹出一根墨线，结果大仙被绊了一跤，面粉倒了一地。

等大仙捧起面粉装进箩篼、赶拢长松寺时，鲁班早把案板做好了。大仙不服气，说有人暗中整他。

鲁班就把寺庙让给了他。后来人们就把长脚大仙倒面粉的那个地方叫“倒面铺”，再后来觉得不好听，就改成了“大面铺”，是远近闻名的“糖画之乡”。

“三潭印月”的由来

有一年，鲁班带着小妹来到杭州，在钱塘门边租了两间铺面，挂出“山东鲁氏，铁木石作”牌子。

刚刚挂出，上门来拜师的踏破了门坎，鲁班挑挑拣拣，选了一百八十个心灵手巧的年轻后生，收留下来做徒弟。

鲁班兄妹的手艺真是巧极了：凿成的石狗会管门，雕出的木猫能捉老鼠。一百八十个徒弟经他们一指点，很快都成了高手。

一天，鲁班兄妹正在细心授艺，忽然一阵黑风刮来，天上乌云乱翻，原来有一个黑鱼精到人间作祟。黑鱼精一头钻到西湖三百六十丈的深潭。

它在深潭里吹气，杭州满城鱼腥臭；它在深潭里喷水，北山南山下暴雨。湖边的杨柳折断了，花朵凋谢了，大水不断上涨。

鲁班兄妹带着一百八十个徒弟，一齐爬上了宝石山。他们朝山下望望，只见一片汪洋，全城房屋都浸泡在水里，男女老少都逃到了西湖四周山头上。

湖中央，转动着巨大的漩涡，漩涡当中翘起一只很阔的鱼嘴巴，鱼嘴巴越翘越高，慢慢地露出整个大鱼头，鱼头往上一挺，蓦地飞起一朵乌云，升到天上。

乌云飘呀飘呀，飘到宝石顶上，慢慢落下来，里面钻出了一个又黑又丑的后生。

丑后生滚动圆鼓鼓的斗鸡眼珠，盯上了鲁妹，要鲁妹嫁给它，若不从，就要再涨大水漫山岗。鲁妹就说：“嫁你不急，让阿哥替我办样嫁妆。高高山上高高岩，我要叫阿哥把它凿成一只大香炉。”丑后生同意了。

鲁班说：“东是水，西是水，怎么办呢？你先把大水落下去，我才好动手。丑后生张开烂嘴巴一吸，满城的大水竟飞了起来，倒灌进它的肚皮里去了。”

水退后，躲避在四周山上的百姓便都回家去了，鲁班师徒便爬上那倒挂着的悬崖。鲁班抡起大榔头，在悬崖上砸下第一锤，他那一百八十个徒弟，跟着砸了一百八十锤。

只听轰隆一声巨响，悬崖翻下来了。从此以后，西湖边的宝石山上便留下了一堵峭壁。悬崖真大呀，怎么把它凿成滚圆滚圆的石香炉呢？

鲁班朝湖心的深潭扫了一眼，算计好大小，就捏根长绳子，站在悬崖当中，叫妹妹拉紧绳子的另一头，啪嗒啪嗒绕着自已跑一圈，鲁妹的脚印便在悬崖上画了一个圆圈圈。

鲁班先凿了大样，一百八十个徒弟按着样子凿。凿一天，又一天，一共凿了七七四十九天，悬崖不见啦，变成一只顶大顶大石香炉。

圆鼓鼓的香炉底下，有三只倒竖葫芦形的尖脚；每个尖脚上，都有个三面透光的圆洞洞。大石香炉凿成了，鲁班就朝丑后生说：“你看，你看，我妹妹的嫁妆已办好，现在就请你搬下湖，然后再来抬花轿。”

丑后生转身就往山下跑，卷起的旋风，竟把那么大的一个石香炉咕碌碌吸在后面滚。丑后生跑呀跑呀，跑到湖中央，变成黑鱼，钻进深潭；石香炉滚呀滚呀，滚到湖中央，在深潭旁边的斜面一滑，一下子倒扣过来，把深潭罩得严严实实，不留一丝缝隙。

黑鱼精被罩在石香炉下面，闷得透不过气来；往上顶顶，石香炉纹丝不动；想刮一阵风，又转不开身子，没办法，只好死命往下钻。它越往下钻，石香炉就越往下陷。

黑鱼精终于被闷死在湖底了，石香炉也陷在湖底的烂泥里，只在湖面露出三只葫芦形的脚。

从此，西湖便留下了一个奇妙的景观：每年中秋节的夜晚，人们划船到湖中央，在炉脚上那三面透光的圆洞洞里点烛火；烛光映在湖里，就现出了好几个月影。后来这地方便被叫做“三潭印月”。

博平古楼的传说

博平，古称博陵，秦始皇时设博陵邑。博平地处中原，人杰地灵，文化灿烂，属中华民族黄河文化发祥地之一。坐落在镇中心鼓楼应该是博平的标志性建筑了，鼓楼又名“清照楼”，本地人后称“古楼”，据说是建于宋朝。

小时候经常听老人讲起古楼，还有许许多多关于古楼的传说！记得最清楚的应该是鲁班的故事：说是这一天，是博平鼓楼竣工的日子，架子也已拆卸完毕，材料和用土都已运走。工匠们都在打扫卫生，清理现场。

县官带了好多随从前来观瞻，筹备竣工典礼。

正在人们对鼓楼齐声夸赞，赞不绝口之际，有个明眼人发现楼顶西南角的飞檐上，有一根椽子头长出了三寸，县官立即下令让工匠上去锯掉。谈何容易，要锯这一根飞檐上的椽子头必须重新堆土扎架，要耗费几十天的时间。如果不锯掉，楼檐就不整齐，不协调，不对称，

鼓楼

飞檐斗拱的古建筑

就不是个活，是个永久的遗憾。这可难坏了众工匠。

众人都七嘴八舌也说不出个好法。

就在大伙为难之际，西南小道上走来一个老人，中等个儿，七十岁上下，一头银发，长长的胡须，粗粗的眉毛，小眼睛；身穿对襟白褂，在腹前打了个折叠，腰间系着黑色外扎腰，脚穿一双青布鞋。

腰间别了一把青钢斧，文绉绉地走了过来，站在人群外边，悉听众人议论，也不插言答话，只是抿嘴笑笑。

后来见工匠们个个愁眉苦脸，顿足长叹，个个呈现犯难的样子。老人拨开人群，径直走了过来，口中念叨："祸者福所依，福从天上来，小事何所惧，有我板斧在！"说着就从腰间掏出一把明晃晃的板斧，左臂一扬，板斧便噌楞楞飞了出去，飞到六十米的高空，便又顺着檐头直直地落了下来，只听沙的一声响，一块三寸长的小木头从三十米处的檐头上掉了下来。老人将小木头接在右手，放进褡裢，又伸出左手接过飞回来的斧子，别在腰间，呻吟道：“众人莫怪，小老献丑，后会有期，说走就走。”

说话之间，老人不见了。众工匠都看呆了，惊傻了，直直地站在那里，吐舌啧口，怔怔半天，说不出话来。抬头望望飞檐，椽子头没有了，整齐划一，无一凹凸，着实美观。

这时众工匠方才恍然大悟，是鲁班爷到场现世，一睹仙面，终生有幸。众人都向着西南方叩头不已。事后，工匠们集资在城西南隅建了鲁班庙，日日香火，年年供奉。

有资料记载：博平鼓楼，当初建鼓楼之目的，原为悬鼓挂钟，敌来报警，平日报更，因此称鼓或钟楼。年代久远，人们便称它为“古楼”了。

明人李诩《戒庵老人漫笔》中“鬼畏”条可证此说：“博川（今聊城西北）鼓角楼，每至二更即有一鬼掩鼓，不得击，直更者屡受杖，不能制。”

下面还有段文字是如何捉鬼事，颇为迷信，恕不抄录。在笔者的记忆里，博平鼓楼的建筑风格独特。

楼的整体是四根合抱的圆木支撑着，每根圆木又用四块雕刻有狮子头的条石围绕，上下铁箍牢固。鼓楼一二三层皆为飞檐斗拱，周边悬铃，檐脊蹲默。

每层四面皆为窗棂可开窗观全城盛景，曾听城内老人讲，由楼东北角钻楼门，可穿一层超过二层，登三层，县衙内的“晋文公西望台”遗址，东莲池畔的文庙，北门里的真武庙，南戏楼、西戏楼、四门箭楼均历历在目，楼东南角的城隍庙更是一览无余。

精明的鲁班锁

传说春秋时代鲁国工匠鲁班为了测试儿子是否聪明，用 6 根木条制作一件可拼可拆的玩具，叫儿子拆开。

儿子忙碌了一夜，但终于拆开了。这种玩具后人就称作鲁班锁。其实这只是一种传说，鲁班锁亦称孔明锁、别闷棍、六子联方、莫奈何、难人木等。它本起源于中国古代建筑中首创的榫卯结构。

清代桃花仙馆主人所著《鹅幻汇编》一书中，详细介绍了“六子联方”。书中称它“乃益智之具，若七巧板、九连环然也。”

6 根短木分别冠以六艺，中间有缺，以缺相合，作十字双交形。我国民间艺人利用鲁班锁结构制出多种工艺品，如绕线板、筷子筒、烛台、健身球等。

另外，近代还有用塑料和木材制造的组合球、组合马、魔方锁扣和镜框等。智玩专家秦筱春致力于鲁班锁的创新，他将传统的六柱式鲁班锁改进为 7 柱、8 柱、9 柱、10 柱、11 柱、12 柱，乃至 15 柱，并由此获国家专利。鲁班锁锁锁相连，就成了新的组合。

秦筱春创作的“井字连方”、“连方塔”就是用多个鲁班锁连接而成。河北安平农民李铁墩甚至用数百个鲁班锁制成了“万啃塔”。这种连接不是简单的堆接和胶接，而是带缺口的复杂插接。

石头嫁妆

夫子庙主体修完了，石匠们又开始忙着铺台阶。白胡子老头又回到了他们中间，整天背着锤子在工地上逛来逛去。

一位石匠刚把一块石头凿方，“砰”一声，另一位石匠的锤子脱把，飞来的锤头正好落在方石上，砸去了一个角。

“唉，多可惜，不能用了。”那石匠懊丧地说着，赌气把石块搬起扔到了一边，白胡子老头走了过来，一声不响地把石块重新砸得方方正正，抱着走了。

老头来到夫子庙对门的张石匠家，笑着说：“张石匠，我给你闺女送嫁妆来了。”原来，张石匠家里很穷，尽管他参加了修滕城的工程，可工钱挣得太少，给女儿办不起嫁妆，这几天，他正为此发愁呢。

张石匠闻声出来一看，是位不认识的老头送来一块石头，心想：

夫子庙

我再穷，也不能给女儿陪嫁石头呀。张石匠没好气地接过石头，当场就扔在院子里。

整个夫子庙的台阶就要修完了，全是一色的灵山青石，谁知最后一块石头，石匠们却找遍了整个石料堆也没有找到对色的。

一块石头安不上，整个工程就不能竣工，这可把众石匠愁坏了。大家吃过饭，来到张石匠家歇凉聊天，忽然发现了那块石头，不大不小，颜色正对，石匠们高兴得不得了，有人上来就要搬走，只见张石匠的老伴从屋里赶了出来，一屁股坐在那块石头上说：“这是人家送我女儿的嫁妆，谁也不能动。”

大家一问缘由，立时就明白了，原来是鲁班师傅扶助穷人。石匠们立刻禀报工头，工头得知，愿出高价收买。就这样，张石匠便用这笔钱为女儿购置了嫁妆，高高兴兴地送走了女儿。

没有规矩不成方圆的故事

不以规矩，不能成方圆。鲁班就发明了圆规量具，有了它给后人的建筑学上带来很大的进步。

鲁班规矩方圆的故事，来源于2 500多年的赤水河畔，传说鲁班在赤水河畔修建双凤台寺庙，建筑双凤台寺庙旁的一个亭子所发生的一个动人美丽的小插曲。

所建亭子要建成亭子座是圆的，而亭子外观是方的，而这些亭子对当今的建筑师来说，是十分容易的事，可2 500多年前，要建好这样一座亭子，那是难上加难的，基本上是办不到的事。

双凤台寺庙

鲁班受观音大士所托而修建双凤台寺庙，而观音大士是受玉帝圣旨做事，观音大士不能在规定时间内建好那座寺庙，她就得受到玉帝的惩罚。

鲁班顶着被观音大士的惩罚，整天冥思苦想，依旧没有啥方法，建好那些圆底方形的亭子。

天上的赤脚大仙也为鲁班建亭子的事着急，他很看重鲁班的能工巧匠好学的本领,他有意无意地说：“做什么都要讲良心，都要对得起天和地，更要对得起自己”。

鲁班听了赤脚大仙这么一说，他的心里忽然一亮，做什么事都要讲良心，其实是暗喻要他量圆的中心距离而建，即如今讲的圆的半径，有了圆的半径的距离长度，就可以建成规矩方圆的房子，也可以说对得起天（天庭）和地（地下的两只凤凰）更要对得起自己，自己的量心和做人的良心。

“做人要对得起良心，要对得起自己和别人的良心”。这也许是鲁班在赤水河畔建双凤台寺庙，所留下给赤水和儿女的为人之道。

为人之道做人有了良心和量心。就会有了规矩成得了方圆。

如今双凤台寺庙没有了，只留下鲁班在赤水河畔建寺庙的传说故事，也留下了没有规矩不成方圆的古训，那是赤水河儿女精神文化中的精华。

迷你知识卡

观 音

从字面解释就是“观察声音”的菩萨，是四大菩萨之一。

他相貌端庄慈祥，经常手持净瓶杨柳，具有无量的智慧和神通，大慈大悲，普救人间疾苦。当人们遇到灾难时，只要念其名号，便前往救度，所以称观世音。

图书在版编目（CIP）数据

鲁班传说 / 阚男男编著. -- 长春 : 吉林出版集团股份有限公司，2014.7
（流光溢彩的中华民俗文化 : 彩图版 / 沈丽颖主编）

ISBN 978-7-5534-5069-8

Ⅰ. ①鲁… Ⅱ. ①阚… Ⅲ. ①民间故事－作品集－中国 Ⅳ. ①I277.3

中国版本图书馆CIP数据核字（2014）第152323号

流光溢彩的中华民俗文化（彩图版）
鲁班传说

作　　者 阚男男
出 版 人 吴文阁
责任编辑 王亦农
开　　本 710mm×1 000mm　1/16
字　　数 150 千字
印　　张 10
印　　数 2 000册
版　　次 2014年8月第1版
印　　次 2019年1月第2次印刷
出　　版 吉林出版集团股份有限公司
发　　行 吉林音像出版社有限责任公司
　　　　 吉林北方卡通漫画有限责任公司
地　　址 长春市泰来街1825号　　邮　编：130062
电　　话 总编办：0431－86012906　　发行科：0431－86012770
印　　刷 三河市九洲财鑫印刷有限公司
ISBN 978-7-5534-5069-8　　定价：27.80元